THIS SANDWICH HAS NO MAYONNAISE
HAPWORTH 16, 1924

J.D.Salinger

このサンドイッチ、マヨネーズ忘れてる
ハプワース16、1924年

J.D.サリンジャー
金原瑞人／訳

SHINCHO
MODERN
CLASSICS

目次

Design by Shinchosha Book Design Division

このサンドイッチ、マヨネーズ忘れてる
ハプワース16、1924年

マディソン・アヴェニューのはずれでのささいな抵抗

Slight Rebellion off Madison

初出　The New Yorker　一九四六年十二月二十一日号

ペンシー男子プレップスクール（「生徒十人に先生ひとり」）が休暇に入ると、ホールデン・モリシー・コールフィールドはいつもチェスターコートを着て、上の部分がV字に鋭くへこんでいる帽子をかぶって家に帰った。五番アヴェニュー行きのバスに乗っている女の子でホールデンを知っている子はしばしば、サックスやアルトマンやロード&テイラーなど〔訳注　五番アヴェニューにある高級百貨店〕のデパートの前を歩いているホールデンの姿をみたと思うことがある。しかしほとんどの場合、ほかの人であることが多い。

今年、ホールデンの通うペンシー校のクリスマス休暇は、サリー・ヘイズのメアリー・A・ウッドラフ女子校（「演劇に興味のある生徒は優遇」）と同じ日に始まった。ウッドラフ校が休暇に入ると、サリーはいつも帽子はかぶらず、新しいシルバーブルーのマスクラットの毛皮のコートを着た。五番アヴェニュー行きのバスに乗っている男の子でサリーを知っている子はしばしば、サックスやアルトマンやロード&テイラーなどのデパートの前を歩いているサリーの姿をみたと思うことがある。しかしほとんどの場合、ほかの人であることが多い。

ホールデンはニューヨークに着くとすぐにタクシーを拾ってうちに帰り、玄関に旅行カバンを置き、母親にキスすると、帽子とコートをそこにあった椅子の上に放って、サリーに電話をした。

「やあ！」ホールデンは受話器に話しかけた。「サリー？」

「うん。あなたはだれ？」

「ホールデン・コールフィールドだよ。元気？」

「ホールデン！　元気よ！　そっちは？」

「すごい元気。それで、あの、どう？　その、学校のほうは」

「まあまあかな。ほら――わかるでしょ？」

「そっか、よかった。あの、今夜、何してる？」

その晩、ホールデンは彼女をウエッジウッド・ルームに連れていった。ふたりとも服には気をつかっていて、サリーは買ったばかりのターコイズのドレスを着ていた。ふたりは何曲も踊った。ホールデンは脚を伸ばすスローなサイドステップで行ったり来たりして、ふたの開いたマンホールの上をまたいで踊っているようだった。ふたりは頬と頬をくっつけるようにして踊るうちに、顔がべたべたしてきたが、どちらもそんなことは気にならなかった。前の休暇からもうずいぶん会っていなかったのだ。

ふたりは帰りのタクシーのなかで思い切り楽しい時間を過ごした。道路が混雑していたため、タクシーが急停車して、ホールデンは二度、座席から滑り落ちた。

「大好きだよ」ホールデンはキスの合間にいった。

「あたしも、大好き」サリーはそういってから、ちょっとさめた口調で続けた。「ひとつ約束して。髪をのばしてほしいの。クルーカットはもう、終わってるから」

　次の日は木曜日で、ホールデンはサリーを『ああ、最愛の人』のマチネに連れていった。どちらもまだみたことのない芝居だった。最初の幕間《まくあい》のとき、ふたりはロビーで煙草を吸いながら、ラント夫妻〔訳注　アルフレッド・ラントとリン・フォンタン。演劇や映画で活躍した、当時の人気俳優〕は素晴らしいと言い合った。アンドーヴァー〔訳注　マサチューセッツ州アンドーヴァーにある名門の寄宿校フィリップス・アカデミーのこと〕のジョージ・ハリソンもロビーで煙草を吸っていて、サリーに気がついた。サリーのほうも、気づいてほしいと思っていた。ふたりは一度、パーティで紹介されたことがあったが、会うのはそれ以来だ。いま、ふたりはエンパイア劇場のロビーで挨拶をした。そのうれしそうな様子は、子どもの頃しょっちゅう、いっしょにお風呂に入っていたといわんばかりだった。サリーがジョージに、お芝居、素晴らしかったと思わない？　とたずねた。ジョージは返事をしようと一歩あとずさって、後ろの女性の足を踏んでしまった。ジョージは、作品自体は傑作とはいえないけど、なんといってもラント夫妻がすごい、まさに天使が乗り移ったとしか思えないと答えた。

「天使だって？」ホールデンは思った。「天使。まったく、天使だって？」

　マチネが終わると、サリーはホールデンに、いいことを思いついた、といった。「今夜は、ラジオシティでアイススケートしない？」

「いいよ。そうしよう」

「え、ほんとにいいの？　いやなら、そういって。あたしはどっちでもかまわないんだから」

「まさか。いこうよ。楽しいと思う」

サリーもホールデンもアイススケートはまるで下手だった。サリーは足首がつい内側に曲がって痛くなってしまうし、ホールデンも似たようなものだった。その夜は、スケートをする人をみるほかになんの楽しみもない人々が少なくとも百人くらいはいた。

「座って、何か飲まない?」ホールデンが突然いった。

「それ、すごくうれしいかも」

ふたりはスケート靴を脱いで、温かいラウンジのテーブルについた。サリーは赤いウールのミトンを取った。ホールデンはマッチをすって、指でつまんだままで、燃えつきる寸前に灰皿に落とすと、また次のマッチをすった。

「あの、きいていい? イヴの日、クリスマスツリーの飾りつけ、手伝ってくれる?」

「いいけど」ホールデンは気のない返事をした。

「ちゃんと答えて」

ホールデンはふいに、マッチをするのをやめて、テーブルの上に身を乗りだした。「あのさ、うんざりしたことってある? つまり、不安でしょうがないっていうか、何もかもうざったくて、自分が何かしない限り、それがいつまでも続くって感じ」

「あるわよ」

「学校は好き?」

「すごく退屈」

「大嫌い？」

「えっと、大嫌いってほどじゃない」

「ぼくは大嫌いなんだ」ホールデンはいった。「ほんとに、大嫌いなんだ！　だけど、学校だけじゃない。何もかもいやなんだ。ニューヨークに住んでるのも、五番アヴェニュー行きのバスも、マディソン・アヴェニュー行きのバスも、まん中の出口から下りるのも、七十二番ストリートの、天井にちゃちな雲の絵が描いてある映画館も、ジョージ・ハリソンみたいなやつに紹介されるのも、外出するときにいちいちエレベーターで下りなくちゃいけないのも、ブルックスでいつもズボンの仮縫いをしてる連中も、なにもかも大嫌いなんだ」興奮して声が上ずってきた。「そうなんだ。ぼくのいってること、わかる？　わかるよね？　この休暇で帰ってきたのは、きみに会いたかったから。ほかに理由なんかないんだ」

「ありがとう」サリーはそう答えながら、話題を変えてくれないだろうかと考えていた。

「あのさ、学校は大嫌いなんだ。一度、男子校にきてごらんよ。することといったら、勉強と、フットボール部が勝ったらうれしいふりをすることと、女の子や服や酒の話をすることと――」

「でも」サリーが口をはさんだ。「学校でもっといろんなことを得る男の子だっているわけでしょ」

「まあね。だけど、ぼくが得たのは、そんなものばかり。わかる？　ぼくがいいたいのは、そういうことなんだ。ぼくは、どんなものからも何も得ることがない。つまりばかなんだよ。どうしようもないわけ。あのさ、サリー、こんな話やめよう。思いついたんだけど、フレッド・ハルシーの車借りて、明日の朝、マサチューセッツかヴァーモントか、そのへんにいかない？すごくきれいだと思う。あのへんは素晴らしいと思うんだ。ほんとに。それで、バンガローか何かに泊まって、お金がなくなるまでそこにいる。いま百十二ドルあるんだ。それがなくなったら、ぼくは仕事について、小川がそばを流れてたりするところでいっしょに暮らす。いってること、わかる？　ほんと、サリー、絶対楽しいって。それから結婚とかすればいい。どう？そうしようよ！　どう？　そうしよう！　どうかな？」

「そんなの無理よ」

「なんで？」ホールデンはむっとしていった。「なんで、無理なんだよ？」

「だって、無理じゃない。できっこない。それだけ。お金がなくなって、仕事にありつけなかったら――どうなるの？」

「仕事くらいなんとかなるよ。それはだいじょうぶ。そんなこと心配しなくていいって。どうしたんだよ？　ぼくといっしょにいきたくないわけ？」

「ちがう。そんなこといってない。そんなにあせらなくたって、時間ならたっぷりあるわ――そういうこと、なんでもできるじゃない。ホールデンがカレッジを卒業してから結婚すればいいだけよ。世界には素敵なところがたくさんあるんだし」

「いや、それじゃだめなんだ。それって、全然ちがうんだよ」

サリーはホールデンをみた。ホールデンが妙におとなしく反論したからだ。

「全然ちがうよ。きみがいってるのは、こういうことだよね。いっしょにエレベーターで下りて、スーツケースやなんか持って、みんなに電話して、いってきますっていって、ポストカードを送って、ぼくは父さんの会社で働いて、マディソン・アヴェニュー行きのバスに乗って、新聞を読んで、いっしょに七十二番ストリートにいって、ニュース映画なんかをみて――ニュース映画なんて大嫌いだ！　つまんない競馬のニュースや、進水式のときに女の人がシャンパンの入ったビンを船にぶつけて割ったりするニュースなんて。きみには、ぼくのいっていることがちっともわかってない」

「そうかも。でも、ホールデンだってわかってないでしょ」

ホールデンは立ち上がると、スケート靴を肩にかけた。「きみといると、つらくてたまらなくなる」ホールデンはとても冷静な口調でいった。


夜の十二時ちょっと過ぎ、ホールデンはワズワースというバーで、太ってぶさいくなカール・ルースとスコッチのハイボールを飲みながら、ポテトチップをかじっていた。カールは同じペンシー校の優等生だ。

「なあ、カール」ホールデンがいった。「きみは頭がいい。だから教えてほしいんだ。たとえば、何もかもうんざりで、このままだと完璧頭がおかしくなってしまいそうな気がして、学校をやめたくて、何もかも放りだして、ニューヨークから逃げだしたくなったとしたら、どうする?」

「飲んで、そんなことは忘れちまえ」

「頼むよ、本気できいてるんだ」

「おまえって、いつも変だよな」カールはそういうと、立ち上がっていなくなった。

ホールデンは飲み続けた。ハイボールを九ドル分飲んで、午前二時、入り口近くの小部屋に入った。電話がある。ホールデンは三回かけ間違えて、ようやく目当てのところにかかった。

「もしもし!」ホールデンは受話器に大声でいった。

「どなた?」冷ややかな声が返ってきた。

「ぼくです。ホールデン・コールフィールドです。サリーを呼んでください」

「娘はもう寝てるわ。こんな時間にかけてくるなんて、どういうつもり、ホールデン?」

「サリーと話したいんです。とても大切なことなんです。サリーをお願いします」

「もう寝てるっていったでしょ、ホールデン。明日、かけ直してちょうだい。じゃあね」

「起こして、起こしてください。お願いです」

「ホールデン」サリーの声が電話のむこうからきこえた。「あたしだけど、いったいなに?」

「サリー?　サリーかい?」

「ええ。酔っ払ってるのね」

「サリー、イヴには、いって、ツリーの飾りつけをしてあげる。いいよね?　どう?」

「わかったから、もう寝て。どこからかけてるの?　だれと飲んでるの?」

「ツリーの飾りつけをしてあげる。いいよね？　どう？」

「わかったから、もう寝て。どこからかけてるの？　だれと飲んでるの？」

「ツリーの、飾りつけをしてあげる。いいよね？」

「わかったって！　おやすみなさい！」

「おやすみ。おやすみ、サリー。大好きだよ。サリー、大好きだ」

　ホールデンは電話を切ると、十五分ほどそこに立っていた。それからまた五セント硬貨を入れて、同じ番号を回した。

「もしもし！」ホールデンは声を張り上げた。「サリーと話したいんです、お願いです」

　電話を切る大きな音がきこえた。ホールデンも受話器を置いた。しばらくふらふらしていたが、そのうち男性用のトイレにいった。洗面台に水をためて、耳まで顔をつける。それから水をたらしながらラジエーターのところまでいって、その上に腰かけた。床の四角いタイルを数える。水が顔からたれて、背中にも流れこんで、シャツのカラーとネクタイをぬらす。二十分ほどして、バーのピアニストが入ってきて、くせ毛を櫛でとかした。

「やあ、こんばんは！」ホールデンはラジエーターに座ったまま声をかけた。「熱い椅子に腰かけてるんです。スイッチが入ってて、こんがり焼けちゃいそうです」

　ピアニストはにやっと笑った。

「ピアノ、うまいですね！　ほんとにうまい。ラジオに出ればいいのに。でしょう？　すごくうまいんだから」

「タオルはいるか?」ピアニストがたずねた。

「いいえ」

「うちに帰ったらどうだ、ぼく?」

ホールデンは首を振った。「いや、帰りません」そしてもう一度、「いえ、帰りません」。

ピアニストは肩をすくめると、女性用の櫛を内ポケットにもどした。ピアニストがいなくなると、ホールデンはラジエーターから立ち上がり、何度かまばたきをして涙をぬぐった。それからクロークにいくと、チェスターコートを着て、ボタンははめずに、ぐっしょりぬれた頭に帽子を深くかぶった。

ホールデンは歯をがちがち鳴らしながら、街角に立って、マディソン・アヴェニュー行きのバスを待った。なかなかバスはこなかった。

ぼくはちょっとおかしい

I'm Crazy

初出　Collier's　一九四五年十二月二十二日号

夜の八時、暗くて、雨が降ってて、凍えそうに寒くて、うるさい風はまるで、恐怖映画のなかの、遺言状を持った老人が殺される夜の場面みたいだった。トムスン・ヒルの上にある大砲の横に立って、凍え死にしそうになりながら、体育館の南側の大きな窓――大きな窓が明るく輝いていて、間抜けな感じがするところは、ほかの体育館の窓とまったく同じ（寄宿舎に入ったことがない人にはわからないかもしれないけど）――をながめていた。

上にリバーシブルのコートを着ただけで、手袋はなし。先週、ラクダの毛のコートを盗まれて、手袋はそのポケットに入ってた。だから、寒かった。ちょっとおかしい人間でなければ、あんなところに立ってるはずがない。ぼくがそうだった。ちょっとおかしかった。嘘じゃない。ネジが一本ゆるんでたんだ。だけどぼくは、あの晩、あそこに立って、あそこの若々しい雰囲気にさよならをいいたかった。まるで年寄りみたいだけど。全校生徒が下の体育館に集まって、サクソン・チャーター校の連中とのバスケットの試合をみてた。それをながめながら、ぼくはあそこに別れを告げる気持ちをかみしめていた。

あそこに立って――ほんとに、寒くて死にそうだった――自分にもさよならを言い続けてた。

「さようなら、コールフィールド。さようなら」ぼくの頭のなかにはずっと、フットボールを投げ合っているところが浮かんでいた。ビューラーやジャクソンといっしょで、もうすぐ暗くなりそうな時間、九月の夕方だった。もう二度と、同じ仲間と同じ時間にフットボールを投げ合うことはないんだろうなと思った。なんか、三人でやったことが死んで埋葬されたのに、ビューラーもジャクソンもそのことを知らなくて、葬式に出ているのは自分ひとり、そんな感じがした。だから、そこに立って、凍えてたんだ。

サクソン・チャーター校との試合は後半戦に入ってて、みんなが喚声を上げていた。体育館のペンティ側は圧倒的な大音量で、サクソン・チャーター側はまったくしょぼい。というのも、サクソンのチームはほかに交代の選手とマネージャー数人しかいないからだ。シュッツかキンセラかタトルがシュートを決めるとすぐにわかる。体育館のペンティ側が異様に盛り上がるからね。だけど、どちらが勝つかなんて、どうでもよかった。その場で凍えながら、あそこを出ていく気持ちをかみしめて、九月の夕方にフットボールを投げ合っていた自分とビューラーとジャクソンの葬式に出てたんだ。そして何度目かの喚声がきこえたとき、出ていく気持ちが本物のナイフみたいに感じられて、葬式に出てるんだと強烈に思った。

そのあと、はっと気がつくと、トムスン・ヒルを駆け下りてて、両手にひとつずつ持ったトランクが脚にばんばんぶつかってた。一気に下って、校門の前で立ち止まった。そして息を整えてから、202号線を渡り——路面が凍ってて、もう少しで脚の骨を折るところだった——それからヘシィ・アヴェニューに消えた。ほんとうに、消えたんだ。あんな晩、通りを横切ったりしたら、だれだって消えてしまう。嘘じゃない。

スペンサー先生の家に着いて——そこにいくのが目的だった——トランクをポーチに置き、呼び鈴を乱暴にせわしく鳴らすと、手で両耳をおおった。痛かったんだ。そしてドアにむかって話しかけた。「お願いです、お願いです！」ぼくは声を上げた。「開けてください。凍えそうなんです」そのうち、先生の奥さんが出てきた。

「ホールデンじゃないの！　お入りなさい！」奥さんは素敵な人だ。日曜日のホットチョコレートはかなりひどかったけど、そんなのはどうでもいい。

ぼくはなかに飛びこんだ。

「凍え死んでない？　きっと、ずぶぬれね」先生の奥さんは、相手が少しぬれてるくらいじゃだめな人なんだ。からからに乾いてるか、ずぶぬれか、どちらかでなくちゃいけない。だけど、学校はなんてきかなかったから、老先生から話をきいてるんだなと思った。

そこで玄関にトランクを置いて、帽子を脱ごうとしたんだけど、ろくに指が動かなくて、帽子がつかめない。「こんばんは。先生のインフルエンザはいかがですか？　もう治りましたか？」

「治ったわよ！　そのコートを脱がせてあげるわ。ホールデン、あの人なら、もう完璧、元気って感じよ。さあ、入ってちょうだい。部屋にいるわ」

スペンサー先生はキッチンの隣に自分の部屋を持っていた。六十歳か、それより少し上だろう。そして、ぼけたような状態なのに、楽しそうだ。それにしても先生はいったいなんのために生きているんだろう、もうすべてが終わっているのに、と思ったりすることがある。だけど、それはちがう。考えすぎだ。先生のことを普通に考えて、考えすぎなければ、先生はしっかりやっていることがわかるはずだ。ぼけたような状態で、いつもいろんなことを楽しんでいる。ぼくもいろんなことを思い切り楽しむことがあるけど、それはほんのたまにだ。ときどき、老人のほうがうまい生き方をしているような気がする。ただ交代したいとは思わない。すべてを楽しむためには、いつもぼけてなくちゃいけないなんて、いやだから。

スペンサー先生は寝室の大きな安楽椅子に座っていた。ナバホの毛布にくるまっている。その毛布は奥さんといっしょにイエローストーン公園で、八十年前くらい大昔に買ったらしい。たぶん、インディアンから毛布を買うってことが刺激的だったんだと思う。

「どうぞ、コールフィールド君」先生が大きな声でいった。「入りなさい」

ぼくはなかに入った。

開いたままの「アトランティック・マンスリー」が先生の膝の上に伏せてあった。それから錠剤やビンや湯たんぽが散らばっている。湯たんぽは思い切り、苦手だ。とくに老人の湯たんぽは。こういうのはよくないとわかってるけど、生理的にだめなんだ。先生はかなり疲れているようだった。「もう完璧、元気って感じ」にはとてもみえない。たぶん奥さんはそう思いたいんだろう。元気はつらつだと思っていたいんだ。

「手紙、ありがとうございました。でも、手紙がこなくても、学校を去るまえにくるつもりでした。インフルエンザはいかがです?」

「これ以上、具合がよかったら、医者を呼びにやってるところだな」先生は自分の言葉がおかしくてたまらなくなったらしく、「まあ、座りなさい、きみ」といいながら、まだ笑っている。「それにしても、どうして試合をみにいかないんだね?」

ぼくはベッドの端に座った。いかにも老人むけのベッドだ。「その、試合の最初のほうはみたんです。でも、今夜、うちに帰ることにしちゃったんで。明日じゃなくて。サーマー先生に、そんなに帰りたいなら、今夜帰ってもいいからといわれました。それで、帰ることにしたんです」

「それにしても、よりによって、こんな晩でなくてもよさそうなものだが」先生はそういって、考えこんだ。「ほんとうに今夜、帰るのかね?」

「はい」

「サーマー先生はなにかいっていたかね、きみ?」

「サーマー先生はとてもいい先生です。こんなことをいわれました。人生はゲームのようなものだ、きみも知っているだろう、守らなくてはならないルールがあるんだ、とか、そんなことを。それから、幸運を祈るよ、これから先、がんばるようにとか、そんなことをいわれました」

サーマー先生は、嫌な人だけど、ぼくにとてもよくしてくれたと思う。だから、ほかにいわれたことも少し、スペンサー先生に話した。人に先んじようとするなら、人生に適応していかなくちゃいけないとか。ついでにいくつか、いわれてないことまで、でっちあげてしまった。

スペンサー先生は真剣に耳を傾けて、何度もうなずいていた。

それからぼくにたずねた。「ご両親とはもう連絡を取ったのかね」

「いえ、まだです。でも、今夜会います」

先生はまたうなずいた。それからたずねた。「ご両親はどう思うだろうね」

「そうですね」ぼくはいった。「ふたりともこういうことはとても嫌っていて。退学になるのは、これで三回目なんです。どうしましょう！　ほんとに」

スペンサー先生は、今度はうなずかなかった。ぼくを持て余しているみたいで、申し訳ない気がした。先生はいきなり、膝から「アトランティック・マンスリー」を取りあげた。まるで重くて困るみたいな感じだった。それからベッドのほうに放った。けど、届かなかった。ぼくは立ち上がり、雑誌を拾ってベッドに置いた。ふいに、逃げだしたくなった。

「いったい、どうしたっていうのかね、きみ？　今学期は何科目、受講したんだ？」

「四科目です」

「それで、何科目、落としたのかね」

「四科目です」

先生はカーペットの一点に目をやった。さっき、ベッドに放り投げようとした「アトランティック・マンスリー」が落ちたところだ。「歴史の授業で、わたしがきみを落としたのは、きみが何も覚えていなかったからだ。きみは一度も、試験勉強もしなければ、毎回ある課題の口述も適当だし、授業の予習もしなかった。一度もだ。学期中、一度でも教科書を開いたことがあるかね」

二度ほどざっと読みましたと答えた。それは先生の気持ちを傷つけたくなかったからだ。先生は、歴史はほんとうにおもしろいと思っている。ぼくは、ばかだと思われてもかまわないけど、先生の書いた本をろくに読まなかったと思われるのはいやだった。

「きみの答案を、そこの書棚においてある。持ってきてくれないか」

ぼくはそこにいって答案を取ると、先生に渡してから、またベッドの端に座った。

先生の答案の受け取り方は、科学的な目的のために、伝染病の病原菌でも扱っているパスツールかだれかみたいだった。

「十一月三日から十二月四日までは古代エジプト人についての授業だった。きみは小論のテーマにエジプト人を選んだ。選べるテーマは全部で二十五あった。きみはこう書いた。

『エジプト人は古代民族で、北アフリカのもっとも北に住んでいた。アフリカが東半球最大級の大陸のひとつであるのは周知のことである。古代エジプト人は現代のわれわれにとって、多くの点で興味深い。また、聖書にもしばしば登場する。聖書には、昔のファラオについてのおもしろい逸話がたくさん書かれている。彼らは周知の通り、みんなエジプト人だった』」

先生はぼくを見上げると、「改行」といって続けた。「『エジプト人に関して最も興味深いのは、彼らの習慣である。エジプト人はいろんなことをするのに、とても興味深いやり方をしていた。また、彼らの宗教も非常に興味深い。彼らは死者を、非常に特殊な方法で墓に埋葬した。

ファラオは死ぬと、防腐処置のしてある特殊な布で顔を包まれた。今日にいたるまで、医学者たちはその防腐剤の組成がわかっていない。そのため、われわれは死んで一定の時間がたつと顔が腐るのである』」先生は答案越しに、またぼくをみた。ぼくは先生のほうをみるのをやめた。答案の段落が終わるたびに、みつめられるのはつらい。

「『エジプト人の生活の知識の多くは、われわれの毎日の生活に役立っている』」先生はそういってから、付け加えた。「以上」先生はぼくの答案を下ろすと、ベッドのほうに投げた。けど、届かなかった。ベッドから先生の座っている椅子まで五、六十センチある。ぼくは立ち上がって、答案を「アトランティック・マンスリー」の上に置いた。

「不合格になって、何か不満があるかね、きみ？　きみがわたしの立場だったら、どうする？」

「同じようにします。ばかは落第です」ぼくはそう答えたけど、考えて答えたわけじゃない。頭のなかではこんなことを考えていたからだ。うちに帰ったら、セントラルパークの池は凍っているかな。もしまん中まで凍っていたら、朝、窓からそれをみた人はアイススケートをするかもしれない。池にはカモがいるけど、池が凍りついたら、いったいどこへいくんだろう。そんなことを考えていたけど、先生にはいえなかった。

先生がたずねた。「きみはいったい、どう考えてるんだ、きみ？」

「退学のこととかですか？」

「そうだ」

ぼくは考えてみることにした。スペンサー先生はいい先生だし、何かを投げるたびにベッドの前で落ちてしまうからだ。

「なんていうか、退学は残念だと思っています。いろんな理由で」ぼくはそういったけど、考えていることを先生に伝えるのは無理だと思っていた。トムスン・ヒルに立ってビューラーやジャクソンや自分のことを考えていたと話してもしょうがないだろう。「いまここで、その理由をいくつか説明するのは難しいと思います。でも、今夜、たとえば、今夜、ぼくは荷物をトランクに詰めて、スキーブーツも入れました。スキーブーツをみたとき、ここを去っていくのが悲しくなりました。母さんがあちこちのスキー用品店を回って、店員に間抜けな質問をしている姿が思い浮かんだからです。そうして母さんが買ってくれたスキーブーツはぼくの足に合わなかったんです。でも、ぼくは母さんが好きです。本当に好きなんです。ぼくがここを去るのが悲しいのは、母さんと足に合わないスキーブーツのせいなんです」ぼくにいえるのはそこまでだった。そろそろ先生の家を出なくちゃいけない時間だったからだ。

スペンサー先生はしじゅう、うなずいていた。きみのいうことはちゃんとわかっているといわんばかりだ。だけど、ほんとうにそうなのかどうかはわからない。ぼくのいうことをすべて理解してくれているのか、それともただの、インフルエンザにかかった変わり者で気のいい老人なだけなのか。

「学校生活がなつかしくなって、さびしく思うぞ、きみ」

いい先生だと思う。ほんとうにそう思う。ぼくはもっと何かいおうと思った。「そうでもないと思います。いくつかなつかしくなることはあります。列車でペンティまで往復したこととか。食堂車にいってチキンサンドとコーラを注文して、新刊で、どのページもつるつるして真新しい感じの雑誌を五冊読んだこととか。それからトランクに貼ったペンティのステッカーも。あるときそれをみた女の人に、あら、アンドルー・ウォーバックを知ってる、ってきかれたことがあるんです。ウォーバックのお母さんでした。先生も、ウォーバック、知ってますよね。すごく嫌なやつです。小さい子の手首をひねってビー玉を取りあげるようなやつです。でも、お母さんは感じのいい人でした。あのお母さんたら、頭が変になって病院に入れられてもおかしくないのに――母親っていうのはだいたいみんなそうだと思います――息子を愛しているんです。思いこみの強そうな目には、あの子はすごい子なのよと書いてありました。ぼくは一時間くらい列車で、ウォーバックのことを話しました。学校では人気者で、みんな何をするときでもまず彼にききにいくとか。ウォーバックのお母さんは大喜びで、大はしゃぎでした。たぶん、心の底では息子が嫌なやつだということは、なんとなくわかっていたんだろうと思います。でも、そんなことないよといってあげたんです。ぼくは、母親って好きなんです。どうしようもなく好きなんです」

ぼくは口をつぐんだ。スペンサー先生は、ぼくのいっていることがわかってないらしい。少しくらいはわかってたんだろうけど、もっと深く話そうという気にはなれなかった。ぼくはいいたいことをそれほどいってなかった。いつもそうだ。ぼくはちょっとおかしい。ほんとうにそう思う。

先生がいった。「カレッジにいくつもりはないのかね、きみ?」

「ありません。その日その日を生きている感じなんです」なんだか嘘っぽいけど、自分でも自分が嘘っぽいことをいっているのがわかっていた。ベッドの端に腰かけてから、ずいぶんたっていた。ぼくはさっと立ち上がった。

「そろそろ、失礼します。列車に乗り遅れると困るので。先生には感謝しています。ほんとうです」

先生に、ホットチョコレートを飲んでいきなさいといわれて、結構ですと答えた。それから握手をした。先生の手は汗でべとついていた。ぼくは先生にいった。そのうち手紙を書きます、ぼくのことは心配しないでください、ぼくなんかのことで落ちこんだりしないでください、ぼくはちょっとおかしいんです。すると先生は、ホットチョコレートを飲んでいったらどうだ、そんなに時間はかからない、といった。

「いいえ、もう失礼します。どうか、インフルエンザ、お大事に」

「ああ」先生はもう一度ぼくと握手した。「じゃあ、元気でな」

部屋を出るとき、後ろから先生が何かいったけど、聞き取れなかった。がんばれよ、といったんだろう。ぼくは先生に心から申し訳なく思った。先生の考えていることはよくわかった。まだ若くて、世間のこともなにひとつ知らない、こんな子どもたちはいったいどうなるんだろう。ぼくが出ていってから、先生はしばらく落ちこむかもしれない。だけど、そのうちに奥さんにぼくのことを話して気が楽になって、奥さんに部屋を出るまえに「アトランティック・マンスリー」を取ってもらうんだろう。

その晩の一時過ぎに、うちに着いた。エレベーターボーイのピートとだらだらしゃべってい て遅くなった。ピートは義理の兄さんのことを話した。警官で、人を撃ったらしい。撃つ必要はなかったのに、撃てば昇進できると思ったからで、ピートの姉さんは、もう夫のそばにいたくないといっている。つらい話だ。ピートの姉さんにはそれほど同情はしなかったけど、ピートの義理の兄さんには同情した。かわいそうに。

黒人のメイドのジャネットがなかに入れてくれた。ぼくは鍵をどこかになくしたらしい。ジャネットは頭のあちこちに、髪のちぢれを取る銀紙を巻いていた。

「なんでもどってきたんです、坊ちゃん?」ジャネットがいった。「なんでもどってきたんです、坊ちゃん?」ジャネットはなんでも繰り返していう。

ぼくはみんなから「きみ」とか「坊ちゃん」と呼ばれるのにとことん、うんざりしていたので、それには答えずに、「みんなは?」ときいた。

「ブリッジをなさってます」ジャネットが答えた。「ブリッジをなさってます。なんでもどってきたんです、坊ちゃん?」

「レースのことが気になってね」

「なんのレースです?」ジャネットがぽかんとした顔できいた。

「人類《ヒューマン・レース》だよ、ははは」ぼくはトランクとコートを玄関に置いて、ジャネットから離れた。

久しぶりに気分がよくなって、帽子を深くかぶった。廊下を歩いていって、フィービーとヴァイオラの部屋のドアを開ける。ドアを開けてもなかはずいぶん暗かった。フィービーのベッドに近づく途中で首の骨を折ってもおかしくない。

ぼくはフィービーのベッドに座った。フィービーはぐっすり眠っている。

「フィービー」ぼくは声をかけた。「やあ、フィービー！」

とたんにフィービーは目を覚ました。

「ホールデン！」フィービーは心配そうにいった。「なんで帰ってきたの？　どうしたの？何かあったの？」

「ああ、またやっちゃったんだ」ぼくは答えた。「何か変わったことは？」

「ねえ、なんで帰ってきたの？」フィービーはまだ十歳だけど、ちゃんとした返事をもらうまでおとなしくならない。

「その腕、どうしたんだい？」ぼくはたずねた。腕に絆創膏が貼ってある。

「ワードローブのドアにぶつけたの。キーフ先生にいわれて、学校のワードローブ係になったの。だからみんなの服をあずかってる」フィービーはすぐにさっきの質問にもどった。「ねえ、なんで帰ってきたの？」

フィービーは口うるさい。だけど、フィービーが口うるさいのはぼくに対してだけだ。それはぼくを好きだからで、もともとは口うるさいほうじゃない。フィービーは子どもだけど、ぼくのほんとうの仲間だ。

「すぐもどってくる」ぼくはそういって、リビングにいくと、箱に入っていた煙草を何本かポケットに入れてもどった。フィービーは背筋をのばして座っている。元気そうだ。ぼくもベッドの隣に座った。

「また退学になっちゃった」

「ホールデン！　パパに殺されちゃうよ」

「しょうがないんだ、フィービー。なんでもすべて強制されるのがいやでさ。試験とかいろいろ。あと、勉強時間だとか。一日中、やらなくちゃいけないことばかりなんだ。ちょっとおかしくなりそうだった。いやでたまらなかったんだよ」

「でも、ホールデンって、好きなことがないじゃない」フィービーは心底、心配そうだ。

「あるよ。あるったら。そんなふうにいわないでくれよ、フィービー。好きなことは山ほどあるんだから」

「じゃあ、ひとついってみて」

「わからないよ。えっと、わからない。今日はなにも考えられない。まだ会ってない女の子が好きだ。後頭部しかみえない女の子がいい。ほら、列車で少し前のほうに女の子が座ってたりしてさ。好きなものは数え切れないくらいあるんだ。ここにフィービーと座ってるのも好きだし。これは本当だ。こうやっていっしょに座ってるのは好きだよ」

「ヴァイオラ、寝てなさい」フィービーがいった。ヴァイオラが目を覚ましたらしい。「この子、ベッドの囲いの間からすり抜けてきちゃうの」と、ぼくにいった。

ぼくはヴァイオラを抱き上げて膝にのせた。すごく変な子だけど、この子もぼくのほんとうの仲間だ。

「ホールディ」ヴァイオラがいった。「ジャネットが、あたしのドナルドダック、取っちゃった」

「ヴァイオラがジャネットを怒らせて、ドナルドダックを取りあげられちゃったの」フィービーがいった。

「だって、ジャネットの息、いつもくさいんだもん」ヴァイオラがいった。

「息がくさいって、いったの。ジャネットにね。レギンスをはかせてもらってるときに」

「いつもあたしに息をはくんだよ」ヴァイオラはぼくの膝の上に立っていった。

ぼくはヴァイオラに、ぼくがいなくてさびしかったかいときいてみた。だけど、ヴァイオラは、あれ、ホールディ、いなかったっけ、みたいな顔をしただけだ。

「さあ、ベッドにもどりなさい、ヴァイオラ」フィービーがいった。「この子、ベッドの囲いの間からすり抜けてきちゃうの」

「ジャネットがいつもあたしに息をはくの。あたしのドナルドダックを取ったの」ヴァイオラがまたぼくにいった。

「ホールデンが取り返してくれるわよ」フィービーがいった。フィービーはほかの子とちがって、メイドの味方はしない。

ぼくは立ち上がって、ヴァイオラを囲いつきのベッドに入れた。ヴァイオラに、何かを持ってきてといわれたけど、なんのことかわからなかった。

「オヴィールよ」フィービーがいった。「オリーヴのこと。ヴァイオラはこの頃、オリーヴが大好きになったの。いつも食べてる。今日も昼間、ジャネットが出かけるとエレベーターのベルを鳴らして、ピートを呼んで、オリーヴの缶詰を開けてもらったの」

「オヴィール」ヴァイオラがいった。「オヴィール持ってきて、ホールディ」

「わかった」

「まん中が赤いやつ」ヴァイオラがいった。

ぼくは、わかったよと答えてから、おやすみといった。そしてヴァイオラを毛布の下に寝かすと、フィービーのところにもどろうとして、はっと立ち止まった。もう少しで転ぶところだった。ふたりの足音がきこえる。

「パパとママだ」フィービーがいった。「パパが何かいってる！」

ぼくはうなずいて、ドアのほうに歩いていった。帽子を脱ぐ。

「ホールデン！」フィービーが小声でいった。「パパとママには、ほんとにごめんなさいってあやまって。なんでも全部。それで、次はちゃんとやるって約束して！」

ぼくは黙ってうなずいた。

「もどってきてね！　寝ないで起きてるから」

ぼくは部屋を出てドアを閉めた。コートをかけて、トランクをしまっておけばよかったと思った。きっと、このコートは高いのよとか、トランクにつまずいて首の骨を折ったらどうするんだとか、いわれるに決まってる。

両親にさんざんしかられたあと、またふたりの部屋にいってみた。フィービーは寝ていた。ぼくはしばらく寝顔をながめていた。いい子だ。それからヴァイオラの囲いつきのベッドのほうにいって、毛布を持ち上げて、ドナルドダックをそばに入れてやった。左手に持ってきたオリーヴを囲いの上に一列に並べた。ひとつ床に落ちたので、拾い上げると、ほこりがついているのが感触でわかったから、ジャケットのポケットに入れた。それから部屋を出た。

ぼくは自分の部屋にもどって、ラジオのスイッチを入れたけど、こわれていたので、寝ることにした。

長いこと横になったまま起きていた。情けなくてしょうがない。自分でもよくわかっていた。正しいのはほかのみんなで、まちがっているのはぼくだ。そしてぼくは成功するタイプじゃない。エドワード・ゴンザレスやシオドア・フィッシャーやロレンス・マイヤーみたいにはなれない。今回は、父さんに、うちの会社にきて働けといわれたけど、あれは本気だ。もう学校にもどることはできない。だけど、会社で働きたくない。またセントラルパークのカモのことが頭に浮かんできた。池が凍りついたら、いったいどこへいくんだろう。そのうち、ようやく眠りに落ちた。

最後の休暇の最後の日

Last Day of the Last Furlough

初出　The Saturday Evening Post
一九四四年七月十五日号

二等軍曹のジョン・F・グラッドウォラー・Jr、愛称ベイブ、認識番号32325200は、グレーのフランネルのズボン、白の開襟シャツ、アーガイル模様の靴下、茶色のブローグ靴、黒いバンドを巻いた焦げ茶色の帽子という格好だった。両足を机にのせ、手の届くところに煙草の箱を置いてある。これで、いつ母親がチョコレートケーキとミルクを持ってやってきてもだいじょうぶだ。

本が床いっぱいに散らかっている——開いたままの本、閉じた本、売れている本、売れていない本、古典、古い本、クリスマスプレゼント用の本、図書館の本、借りた本。

いまベイブは、画家ミハイロフのアトリエにいて、そばにはアンナ・カレーニナとヴロンスキー伯爵がいる。数分前までは、ゾシマ長老、アリョーシャ・カラマーゾフといっしょに僧院の下の前廊にいた。一時間前は、ジェイ・ギャツビー（本名ジェイムズ・ギャッツ）邸の大きくて寂しい芝生を歩いていた。そしていまは、ミハイロフのアトリエをさっさと出て、次は早く五番アヴェニューと四十六番ストリートの交差点へいこうと思っていた。大柄な警官、ベン・コリンズとふたりで、エディス・ドールという女の子が車でやってくるのを待つんだ……。ベイブには会いたい人も、いきたい場所もたくさんあった――。

「お待ちどおさま！」母親がケーキとミルクを持ってやってきた。

遅いなあ。時間がないのに。まあ、本は持っていってもいいか。上官、本を持ってきました。敵を撃ち殺す気分じゃないんです。みんな、どうか、先にいってくれ。ここで本を読んで待ってるから。

「ありがとう、母さん」ベイブはミハイロフのアトリエから出た。「うまそうだね」

母親はトレイを机の上に置いた。「ミルク、氷みたいに冷えてるわよ」ひとこと得意そうに付け加える。母親のこういうところをみるといつも、顔がほころぶ。母親は、ベイブが座っている椅子の横にある足台に座って、息子の顔をみた。そして見慣れたほっそりした手がフォークを取りあげるところを――いとおしそうに、みつめる。

ベイブはケーキをひとくち口にいれて、ミルクといっしょに飲みこんだ。たしかに氷みたいに冷たい。悪くない。「悪くないね」

「今朝からずっと氷の上に置いておいたの」母親は、息子の遠回しなほめ言葉をきいてうれしそうだ。「コーフィールドとかいう男の子は何時にくるの」

「コールフィールドだよ。それに男の子じゃない。二十九なんだから。六時の列車でくるから迎えにいくつもりなんだ。ガソリンはある？」

「ないわ。あるわけないじゃない。でも、お父さんから伝言があって、グローブボックスに配給券が入ってるから、二十二、三リットルはもらえるはずだって」ミセス・グラッドウォラーは、ふと、床の惨状に気がついた。「ベイブ、ちゃんと本を片付けていってね」

「うん、まあ」ベイブはケーキを頬張ったまま、気のない返事をした。それから飲みこんで、もうひとくちミルクを飲む。ふう、冷たい。「マティが学校から帰ってくるのは何時?」

「三時頃よ、たぶん。そうそう、ベイブ、あの子、迎えにいってやって! すごく喜ぶと思う。軍服を着て」

「軍服はだめだよ」ベイブはケーキを食べながら答えた。「橇《そり》に乗るんだから」

「橇ですって?」

「うん」

「嘘でしょう! 二十四歳にもなって、橇遊び?」

ベイブは立ち上がり、グラスを取ると、残りのミルクを飲み干した——ほんとうによく冷えている。それから床の本の間を横歩きで、ボールを持ったフットボール選手が敵の間を縫いながら走っていく動きをスローモーションで真似るような感じで、窓のところまでいくと、上まで押し上げた。

「ベイブったら、風邪引いて死んじゃうわよ」

「まさか」

ベイブは外の窓枠から雪をひとつかみ取って丸めた。雪玉にするにはもってこいだ。さらさらしていない。

「マティにはいつもやさしいわね」母親が考えこむような表情でいった。

「いい子だしね」と、ベイブ。

「コーフィールドとかいう男の子は陸軍に入るまえは、何をしてたの？」

「コールフィールドだよ。ラジオ番組を三つ担当してた。『リディア・ムアです』と『人生の探求』と『医師マーシア・スティール』」

「『リディア・ムアです』はいつもきいてるわ」ミセス・グラッドウォラーは、にっこりしていった。「女性の獣医さんでしょ」

「コールフィールドは小説も書いてるよ」

「まあ、作家さん！　お友だちになれてよかったわね。きっと、頭がいいんでしょう？」

両手に持っていた雪玉がとけてきたので、ベイブは窓の外に放った。「いいやつだよ。弟が陸軍に入っていて、あちこちの学校を退学になったらしいんだけど、しょっちゅうその弟の話をするんだ。ほんとにばかなんだよな、あいつ、とかよくいってるよ」

「ベイブ、お願いだから、窓を閉めてちょうだい」

ベイブは窓を閉めると、クローゼットのほうに歩いていって、何気なくドアを開けた。スーツが全部かかっていたが、防水紙に包まれているので、どれがどれかわからない。そしてふと思った。また、スーツを着ることがあるんだろうか。**くだらない。グラッドウォラーよ、汝の名は虚栄心なり。**バスでも、通りでも、騒々しいパーティでも数え切れないくらいの女の子に会ったけど、この自分が白の上着を着ているところをみた女の子はひとりもいない。あのスーツは、ウェーバー先生と奥さんがバミューダからお土産に買ってきてくれたものだ。フランシスさえ、みたことがない。そのうちあの白い上着を着て、彼女のいる部屋にいかなくちゃな。彼女の前にいると、いつも自分の顔がぶさいくに思えてしょうがない。いきなり、ますます鼻がでかくて長くなったような気がする。そうだ、あの白の上着があった。あれを着れば、彼女の気を引くことができるかもしれない。

「白の上着ならしまうまえに、クリーニングに出してアイロンをかけてもらっておいたわ」母親に心を読まれたような気がして、ベイブは少しむっとした。

ベイブはネイビーブルーのベストをシャツの上から着て、スエードのウィンドブレーカーをはおった。「母さん、橇はどこ」

「ガレージにあるはずよ」

母親はまだ足台の上に座ってこちらをみている。ベイブはそばを歩いていくとき、母親の腕を軽くたたいていった。「また、あとで。あまりはしゃがないようにね」

「あまりはしゃがないようにですって！」

十月も下旬になると、窓に文字が書けるようになった。そして十一月もまだ終わらないというのに、ニューヨーク州ヴァルドスタの町はまっ白になった。「窓の外をみてみろ」といいたくなる白さ、「深呼吸してみろよ」といいたくなる白さ、「本なんか放り投げて、出てこい」といいたくなる白さ。それなのに、学校のベルが三時を知らせても、何人かの熱心な生徒——全員、女の子——は居残って、大好きなギャルツァー先生が『嵐が丘』をもう一章読んでくれるのを待っている。ベイブはしかたなく橇に座って待っていた。そろそろ三時半だ。**マティ、早くしてくれよ。時間がないんだからさ。**

いきなり出入り口の大きなドアが開いて、十二、三人の小さな女の子が押し合いながら外に出てきた。おしゃべりをしたり、大声を上げたりしている。どうみても、頭がよさそうにはみえない。もしかしたら『嵐が丘』なんか好きじゃなくて、先生に気に入られていい成績をつけてもらおうと思っているのかもしれない。だけど、マティはちがう。**マティは『嵐が丘』に夢中のはずだ。きっと、キャシーにはリントンじゃなく、ヒースクリフと結婚してほしいと思っているだろう。**

マティだ。マティも同時にベイブに気がつき、その瞬間、顔を輝かせた。ベイブは、こんなうれしそうな表情を目にするのは初めてだった。こんな顔がみられるなら五十回くらい戦争にいってもいいと思った。マティが、膝まで積もった新雪のなかを夢中になって駆けてくる。

「ベイブ！　すごい！」

「やあ、マティ。元気か」ベイブは小声で、何気なくいった。「橇に乗りたいんじゃないかと思って」

「すごい！」

「本、どうだった？」

「すごくおもしろいの！　読んだことある？」

「もちろん」

「キャシーがヒースクリフと結婚するといいな。いくじなしのリントンなんか、いや。いらいらしちゃう」マティがいった。「でも、すごい！　きてくれるなんて思ってなかった！　学校が何時に終わるか、ママにきいたの？」

「ああ。橇に乗れよ、引っぱってやるから」

「ううん。いっしょに歩いて帰りたい」

ベイブはしゃがんで橇のロープを拾うと、雪のなかを通りのほうに歩いていった。マティが横をついてくる。ほかの子たち——『嵐が丘』をきいていた子どもたち——がじろじろみている。ベイブは考えた。悪くない。いままでこんなに幸せな気分は味わったことがない。本相手よりいい。フランシス相手よりいい。自分相手よりいいし、ずっと楽しい。さあ、撃ってこい、隠れている日本兵たち。ニュース映画でみたことがあるぞ。さあ、撃ってこい。

通りに出ると、ベイブはたるんだロープが邪魔にならないようにくくりつけて橇に乗った。「じゃ、先に乗るぞ」ベイブはそういうと身構えた。「ようし、後ろに座れ、マティ」

「スプリング・ストリートはだめ」マティが心配そうにいった。「スプリング・ストリートはだめよ、ベイブ」スプリング・ストリートをまっすぐ進むとローカスト・ストリートに出る。そこは車やトラックでいつも混んでいる。

スプリング・ストリートを橇で滑るのは、体格のいいタフで口の悪い男の子くらいだ。ボビー・イヤハートが去年、ここを滑っていて死んだ。父親がボビーの遺骸を運び、母親は涙が涸れるまで泣いた。

ベイブはスプリング・ストリートを走るように橇の方向を調整すると、もう一度、マティに声をかけた。「後ろに乗れよ」

「スプリング・ストリートはだめなの。いやなの、ベイブ。一度、パパと約束したんだもん。パパ、怒るわよ。怒るより、悲しがると思う」

「だいじょうぶだってば、マティ。兄さんがいっしょなんだから。父さんには、いっしょだったといえばいい」

「スプリング・ストリートはだめ。だめったら、だめなの、ベイブ。ランドルフ・アヴェニューは？　あそこも素敵よ！」

「だいじょうぶだって。嘘じゃない。いっしょにくればだいじょうぶなんだから」

マティはいきなり後ろに乗ってきて、本を抱えていた両腕にぎゅっと力をこめた。

「いくぞ？」ベイブがいった。

マティは答えない。

「震えてるのか」ベイブは気がついていった。

「ううん」

「いや、震えてる。じゃあ、やめよう、マティ」

「ううん。震えてない。ほんとうよ」

「いいや、震えてる。下りていいよ。さあ、下りて」

「だいじょうぶ！　ほんとうに大丈夫だから。ほんとうよ！　ほら！」

「だめだ。下りろって」

マティは下りた。

ベイブも立ち上がって、橇の滑走板についていた雪を払った。

「わたし、いっしょにスプリング・ストリートを橇で走る。ほんとうよ。ベイブといっしょに走るんだから」マティがむきになっていった。

「わかった。わかったから」ベイブはそういいながら、こんなに幸せな気持ちって初めてだなと思った。「さあ、いこう。ランドルフ・アヴェニューも同じくらい楽しいぞ。いや、ここ以上に楽しいかも」ベイブはマティの手を取った。


ベイブがマティといっしょにうちに帰ると、軍服を着たヴィンセント・コールフィールド伍長がドアを開けてくれた。色白で、耳が大きく、子どものときの手術のあとが首に白っぽく残っている。笑顔が魅力的だが、笑みを浮かべることはあまりない。「ようこそ」真面目くさった顔で、ドアを開けながらいう。「もしガスメーターの検針にきたのなら、お門違いです。うちではガスを使ってませんから。火が必要なときは子どもを燃やすことにしているんです。いままでもそうです。ご苦労様です」

そういってドアを閉めようとするところを、ベイブが靴をはさんだ。ヴィンセントはその靴を乱暴に蹴った。

「痛っ！　六時の列車でくると思ってたんだ！」

ヴィンセントがドアを開ける。「まあ、入れ。こちらのご婦人が、ふたりのために思い切りこってりしたケーキをひと切れずつ用意してくださっているぞ」

「相変わらずだな、ヴィンセント」ベイブは相手の手を握った。

「こちらは、どなたかな」ヴィンセントが、少しおびえているマティをみてたずねてから、自分で答えた。「マティルダだね。やあ、マティルダ、これ以上、われわれの結婚を引き延ばす理由はない。ぼくはきみのことを、モンテカルロで会ったときからずっと愛しているんだ。あの夜、きみはルーレットで最後のおむつを00に賭けたよね。この戦争もいつまでも続くことは――」

「マティ」ベイブがにやにやしながらいった。「ヴィンセント・コールフィールドだよ」

「こんにちは」マティがぽかんとしたまままいった。

ミセス・グラッドウォラーは暖炉のそばで、あっけにとられて立っている。

「きみと同い年くらいの妹がいるんだ」ヴィンセントがマティにいった。「きみほど美人じゃないけど、きみよりかなり頭がいい」

「成績はどれくらい?」

「算数は三十点、綴りは二十点、歴史は十五点で、地理は〇点。地理だけは、ほかの科目ほど点数を上げられないらしい」

ベイブはふたりの話をきいて、幸せでたまらなかった。ヴィンセントは、マティのいい話し相手になってくれるだろうと思っていたのだ。

「それ、ひどすぎ」マティはくすくす笑った。

「よし、きみは賢いらしいな」ヴィンセントがいった。「もしAがリンゴを三つ持っていて、Bが三時に出発したら、Cがボートをこいで川を五千マイル北にさかのぼってチリの国境にたどりつくには何時間かかるかな？　軍曹、教えちゃだめだぞ。子どもは自分で考えて学習しなくちゃな」

「二階へこいよ」ベイブがヴィンセントの背中をたたいていった。「母さん！　ヴィンセントが、ケーキが思い切りこってりしてるっていってたよ」

「さっき、ふた切れも召し上がったのに？」

「バッグはどこ？」ベイブがヴィンセントにきいた。

「おしゃれ道具は二階に置いてある」ヴィンセントがベイブのあとから階段を上がりながらいった。

「作家さんなんですって？」ミセス・グラッドウォラーが、ふたりが二階に上がりきるまえにきいた。

ヴィンセントは手すり越しに答えた。「いいえ、ちがいます。作家じゃなくて、オペラ歌手なんです。楽譜は全部持ってきてますから、何でもリクエストしてください」

「『リディア・ムアです』に出てる男の人？」マティがきいた。

「いや、リディア本人さ。そのために、ひげはそっちゃったんだ」

「ニューヨークはどうだった?」ベイブがたずねた。ふたりはベイブの部屋でくつろいで煙草を吸っていた。

「軍曹、なぜ、平服でいるのかね」

「ちょっと運動をしてたんだ。マティと橇に乗って遊んできた。嘘じゃない。それで、ニューヨークはどうだった?」

「鉄道馬車はなくなってた。自分が入隊した頃から、鉄道馬車は廃止になったらしい」ヴィンセントは床から一冊本を拾い上げると、表紙をみた。「へえ、本かあ」ヴィンセントはばかにしたようにいった。「昔はよく読んだ。スタンディッシュ、アルジャー、ニック・カーター。本を読んで覚えたことはまったく役に立たなかった。そのうちわかるだろうが、きみも覚えておくといい」

「そうするよ。最後にもう一度きくけど、ニューヨークはどうだった?」

「全然さ、軍曹。弟のホールデンが行方不明なんだ。うちにもどっていたときに通知の手紙がきた」

「嘘だろ、ヴィンセント!」ベイブは机の上から足を下ろした。

「いや、ほんとうなんだ」ヴィンセントがいった。手に持った本を読んでいる振りをしている。

「昔は、よく男子大学生クラブでホールデンをみつけたよ。ニューヨークの十八番ストリートと三番アヴェニューの角にある店だ。カレッジやプレップスクールの学生のたまり場でね。しょっちゅうあいつを探しにいったもんだよ。クリスマスやイースターの休みであいつがもどってるときにね。彼女を連れて店をさがしまわると、たいがい奥のほうにいた。いちばん騒々しくて、いちばん酔っ払ってた。それもスコッチを飲んでるんだ。ほかの連中はそろってビールだっていうのに。『おい、酔っぱらい、だいじょうぶか？　うちに帰るか？　金はあるのか？』と声をかけると、『いいよ、だいじょうぶ、だいじょうぶだって、兄さん、やあ、兄さん、その子だれ？』って返事だ。しかたなくほっといて店を出るんだけど、あいつのことは心配でさ。というのも、夏になるとしょっちゅう、トランクスをぬれたまま丸めて階段の下に置きっぱなしにしててさ。まったく、ちゃんと洗濯紐にかけろっていうんだ。しかたないから、代わりに干しといてやった。兄弟って、似るらしいな」ヴィンセントは読んでいる振りをしていた本を閉じた。それから手品師のように軍服のジャケットから爪みがきを取り出して、のびた爪を整え始めた。「お父さんは、爪のきたない客は食事の席から追い出す人なんだろ？」

「うん」

「お父さんは大学で何を教えてるんだっけ？　きいたことがあるけど、忘れた」

「生物学……ヴィンセント、ホールデンは何歳だった？」

「二十歳だ」

「九歳下か」ベイブはわかりきった計算を口にした。「みんなは――その、家族の人は、ってことなんだけど、きみが来週、戦地にいくことを知ってるのかい」

「いや」ヴィンセントがいった。「そっちは？」

「知らない。明朝、列車が出るまえには母さんにいっておいたほうがいいと思うんだ。ただ、なんていうか。なにしろ、だれかが『銃』といっただけで、目をうるませるくらいなんだ」

「ベイブ、楽しかったか?」ヴィンセントが真剣な顔でたずねた。

「うん。思い切り楽しかった」ベイブが答えた……。「後ろに煙草があるよ」

ヴィンセントがそちらに手をのばした。「フランシスとは何度か会ったかい?」

「うん。彼女はすごく魅力的だ。うちの家族には気に入られてないらしいけど、ぼくは大好きなんだ」

「結婚すればよかったのに」ヴィンセントはそういうと、話題を変えて真剣な口調になった。「ベイブ、ホールデンはまだ二十歳にもなってなかった。来月、二十歳になる。いま、だれかを殺したくてしょうがない。じっとしていられないくらいだ。おかしいかい? 生まれつき臆病で、生まれてからいままでずっと、なぐりあいのけんかは避けてきたし、早口でしゃべって逃げてきた。それなのに、いまは、銃撃戦に飛びこんでいって殺し合いをしたくてしょうがないんだ。どう思う?」

ベイブはしばらく何もいわなかった。それから、「楽しいことはなかったのか――その知らせがくるまでに?」

「ああ。二十五になってから、楽しい思いなんて一度もした覚えがない。二十五のとき、結婚すべきだったな。この年じゃ、もう、女の子とバーでしゃべったり、タクシーでいちゃついたりする気になれない」

「ヘレンにはまったく会ってないのか?」

「ああ。彼女と結婚相手の男の間に、小さなお客さんがくるらしい」

「そりゃ、よかった」ベイブはそっけなくいった。

ヴィンセントは微笑んだ。「ベイブ、会えてよかった。呼んでくれてありがとう。兵隊同士——とくに気の合う相手は——かけがえのない仲間だからな、この頃は。国にいる連中といてもしょうがない。連中は、われわれの知っていることを知らないし、われわれは連中の知っていることとは縁がない。話が合うわけがないよな」

ベイブはうなずき、煙草を深く吸った。

「本物の友情を知ったのは軍隊に入ってからなんだ。きみはどうだった、ヴィンセント？」

「まったく同じだ。友情ほどありがたいものはない。まあ、おおむね、そうだ」

ミセス・グラッドウォラーの甲高い声が階段を上がってきて、部屋にまで入ってきた。「ベイブ！　お父様が帰ってらっしゃったわ！　夕食よ！」

ふたりの兵士は立ち上がった。


食事が終わると、グラッドウォラー教授は延々と話し始めた。「先の大戦」に出征した者としてヴィンセントに、「先の大戦」で兵士たちがどんな試練に耐えたかを語った。ヴィンセントは俳優の息子だったので、名優と舞台で共演している芸達者な役者のようにきいていた。ベイブは椅子に座って、自分の煙草の火をみつめながら、ときどきコーヒーを飲んでいる。ミセス・グラッドウォラーはベイブをみていて、夫の話はきいていない。息子の顔をさぐるようにみながら、その顔がまだ丸くてピンクだった、ある夏のことを思いだしていた。あの頃から、この子の顔はほっそりとして日焼けして、引き締まった感じになり始めたんだわ。あの顔がいちばん好き。父親ほどハンサムじゃないけど、うちの家族のなかでいちばん素敵な顔よね。マティはテーブルの下で、ヴィンセントの靴の紐をほどいていて、ヴィンセントは足を動かさず、じっとして、気づいていないふりをしている。

「ゴキブリがいてね」グラッドウォラー教授が大げさな口調でいった。「いたるところ、ゴキブリだらけなんだ」

「あなた、やめてちょうだい」ミセス・グラッドウォラーがいった。「食事中よ」

「いたるところにいるんだ」夫が繰り返す。「あれにはまいった」

「たしかに、それは大変だったでしょう」ヴィンセントがいった。

ベイブはヴィンセントが父親の話に合わせてお決まりの返事をしているのが気の毒になって、いきなり口をはさんだ。「父さん、偉そうにきこえるかもしれないけど、父さんは先の大戦のことを話すとき――父さんたちの世代の人はみんな同じで――ときどき、戦争は泥まみれになってやる荒っぽいスポーツみたいなもので、自分たちはそれをやって大人になったみたいな言い方をするよね。生意気にきこえるかもしれないけど、父さんたち、先の大戦で戦った人たちはみんな、戦争は地獄だということはわかっている、わかっているのに――なぜか、わからないけど――みんな、従軍したことで少し優越感を覚えているようにみえるんだ。たぶん、先の大戦にいったドイツ人も同じように話したり、考えたりしているんだよ。だからヒトラーが今度の大戦を起こそうとしたとき、ドイツの若者たちは、自分たちだって親の世代と同じくらい、いや、それ以上に立派にやれるってことを証明しようと頑張ったんじゃないかな」ベイブは気詰まりになって、言葉を切った。「もちろんこの戦いは正しいと信じているんだ。もしそうでなかったら、良心的兵役拒否をして、戦争が終わるまで収容所で斧で木を切ったりしてるよ。ナチやファシストや日本人を殺すのは正しいと思ってる。だって、そう考えるしかないんだから。だけど、心から信じていることがひとつあるんだ。これほど堅く信じたことはないってほどにね。それは、いま戦っている者も、これから戦う者も、戦いが終わったら、口をつぐみ、どんな形であれ、決して戦争のことを話してはならないということだ。死者はそのまま死なせておけばいい。死者を起こしてよかったことなんて一度もなかった」ベイブはテーブルの下で左手を握りしめた。「もしアメリカ人が帰還して、ドイツ人が帰還して、イギリス人が帰還して、日本人もフランス人もほかの国の人も帰還して、みんながしゃべったり、書いたり、絵に描いたり、映画を作ったりし始めたらどうなると思う？　あいつは英雄だった、ゴキブリがいた、塹壕を掘った、血まみれになったとか。そうなったら、未来の若者はまた未来のヒトラーにのせられてしまうに決まってる。若者が戦争をばかにしたり、歴史の本に載ってる兵士の写真を指さして笑ったりしたことはいままでなかった。もしドイツの若者が暴力をばかにすることを覚えていたら、ヒトラーだってひとり孤独に野心を温める以外なかったと思う」

ベイブは口をつぐんだ。父親やヴィンセントの前でとんでもないことをいってしまったと不安になったのだ。父親もヴィンセントも何もいわない。マティがいきなりテーブルの下から出てきて、こっそり椅子に座った。ヴィンセントは足を動かしながら、顔をしかめてマティをみた。片方の靴紐ともう片方の靴紐が結んである。

「ヴィンセント、ばかなことをいっちゃったかな?」ベイブが少し恥ずかしそうにたずねた。

「いや。ただ、きみは人間性を過信しているような気がする」

父親がにやっと笑った。「べつに、ゴキブリをロマンチックに語るつもりはなかったんだ」

父親が声を上げて笑うと、ほかの三人も笑った。しかし、ベイブだけは別だった。真剣に考えていることを茶化されて、むっとしていた。

それに気がついたヴィンセントはベイブをみて、こいつはほんとうにいいやつだなと思った。

「知りたくてたまらないことがあるんだ。教えてくれないか。今夜、デートの相手に用意してくれているのは、どこのだれなんだ?」

「ジャッキー・ベンソンって女の子だよ」ベイブが答えた。

「とてもかわいい子よ、ヴィンセント」ミセス・グラッドウォラーがいった。

ヴィンセントはミセス・グラッドウォラーにいった。「その言い方からすると、思い切り不細工な子ですね」

「いいえ、とてもかわいい子よ……そうよね、ベイブ?」

ベイブはうなずきながらも、さっき自分のいったことを考えていた。未熟で、愚かで、大げさで、くだらないことをいったような気がした。

「あ、思い出したぞ」ヴィンセントがベイブにいった。「きみの昔の彼女じゃないか?」

「二年間つきあってたの」ミセス・グラッドウォラーがかわいい息子をかばうようにいった。

「素敵な女の子よ。きっと、好きになるわ」

「それはうれしいですね。この一週間、女の子とつきあってなくて……自分相手に、おい、ヴィンセント、デートの相手はだれだ、なんてとぼけた科白をいってたくらいです」

ミセス・グラッドウォラーは笑って立ち上がった。ほかの四人も立ち上がった。

「だれだ、この靴の紐を結んだのは？　お母さんですね、まったく、いい年をして」

マティが発作でも起こしたように、ヴィンセントの背中をたたきながら、笑い転げている。ヴィンセントはまじめくさった顔でマティをみた。顔に笑みがもどったベイブがテーブルを回ってくると、妹を抱き上げて肩車をした。そして両方の靴を右手で脱がせると、ヴィンセントに渡した。ヴィンセントはうやうやしく受け取って、上着のサイドポケットに一足ずつ突っこんだ。マティはまだ大笑いしている。ベイブは妹を下におろすと、リビングに歩いていった。それから窓辺に立っている父親のそばにいって、片手を肩に置いた。「また、降ってきたね」

夜が更けても、ベイブは眠れなかった。暗闇のなかで輾転《てんてん》としていたが、そのうち落ち着いてきて仰向けになった。ヴィンセントがフランシスのことをどう思うかはわかっていたが、それについてはなにもいってほしくなかった。わかっていることを、いわれてもしょうがない。ところが、いわれてしまった。三十分ほどまえ、それもこの部屋で。「おい、ちょっと考えたらどうだ。ジャッキーはフランシスの二倍もいい子だ。フランシスなんか足下にもおよばない。

それにずっとかわいいし、やさしいし、頭がいい。フランシスなんかの十倍はきみのことを思ってくれる。フランシスに、いったい何が期待できる？　いまきみは、自分のことを心から思ってくれる女の子が必要なはずだろう、兄弟」

兄弟。「兄弟」という言葉は、いまのベイブにとって何より腹立たしかった。いった相手がヴィンセントであっても、それは同じだ。

ヴィンセントにはわかってない、ベイブは暗闇のなかで横になって考えていた。フランシスが自分にとってどんな存在か、いままでどんな存在だったか。知らない人間にまで、つい彼女のことを話してしまうくらいだ。列車でうちに帰ってくる途中、知り合ったばかりの兵士に彼女のことを話した。いつもだれかに話してきた。彼女への愛が報われなければ報われないぶん、長いこと彼女のことを考えて、奇妙なレントゲン写真みたいに自分の不格好な心臓を取りだして、その傷を確かめたくなってしまう。「ほら、これをみてください。ここに傷があるでしょう。じつは十七歳のときの傷なんです。ジョー・マッケイからフォードを借りて、一日、彼女といっしょにウォモ湖までいったんです……そしてこれは、彼女が大きなゾウと小さなゾウの話をしたときの傷です……そうそう、こっちの傷はライ・ビーチでジンラミーをしていて、彼女がバニー・ハガーティ相手にずるをしたのをみつけたときのものです。もちろん黙って見逃しました。彼女のダイヤの続きのカードのなかにハートが一枚混じっていて、自分でもそれに気がついていたんです……この傷をみてくださいよ。彼女が観客席から『ベイブ！』と大声で声援を送ってくれたんです。テニスの試合のマッチポイントで、こっちがサーブでエースを決めて、ボビー・ティーマーズを破ったときのことです。エースを決めなくちゃ、彼女のあんな声はきけなかったでしょう。それにしても、あの声をきいたときは、心臓が――ほら、この心臓がみえますか――飛び跳ねちゃいました。それから、すべてが変わってしまって……それから、この傷は――いやでしょうがないんですけど――二十一歳のときでした。彼女はドラッグストアのブースにウォドルといっしょにいて、指をからませていたんです」

ヴィンセントは、フランシスがどんな存在か、わかってない。彼女といると落ちこんでみじめになるし、彼女はこっちのことなんかちっともわかってくれない――ほとんどいつもそうだ。だけどときどき、ほんとうにときどきだけど、彼女は世界中でいちばん素晴らしい女の子になる。それはだれにもできない。ジャッキーといてみじめになることはないけど、だからといって彼女は特別な存在には決してなれない。手紙を出すと、すぐに返事をくれる。フランシスからの返事は二週間から二ヶ月くらいかかるし、返事がこないこともある。その返事にしても、こちらの読みたいことが書いてあるわけでもない。だけど、彼女の手紙は百回くらい読み直す。ジャッキーの手紙は一度しか読まない。封筒にフランシスの名前が書いてあるのをみるだけで――幼稚で、気取った字なんだけど――世界中で一番幸せな男になれる。

ヴィンセント、七年間もずっとこうなんだ。きみの知らないことだってある。きみの知らないことだってあるんだよ、兄弟。

ベイブは左に寝返りを打って眠ろうとした。十分間ほど左を下に寝ていたが、今度は右を下にしてみた。どちらも効果がない。ベイブは起き上がった。暗い部屋を歩き回って、一度本につまずいたが、なんとか煙草とマッチをみつけた。煙草に火をつけて、苦しくなるまで煙を吸いこんで吐き出しながら、思った。マティに話したいことがあった。なんだったっけ？　ベイブはベッドの端に座って、ガウンもはおらずに考えた。

「マティ」ベイブはひとり部屋のなかで、声に出さずにいった。「マティはまだ幼い。だけど、男の子も女の子も、いつまでも幼いわけじゃない――それは、兄さんをみればわかるだろう。ある日突然、幼かった女の子が口紅を塗るようになり、ある日突然、幼かった男の子がひげを剃って煙草を吸うようになる。つまり、ほんの一瞬なんだ、幼い時っていうのは。今日、マティは十歳で、雪のなかを駆けてきてくれた。そして、スプリング・ストリートを橇で走ろうと、怖いのを必死でがまんした。ところが明日はもう二十歳で、リビングで男の子たちが外に連れだそうと待っている。ある日突然、マティもポーターにチップを払わなくちゃいけなくなるし、高い服のことで悩んだり、女の子とランチをしたり、なぜ自分にぴったりの彼がみつからないんだろうと思ったりする。そういうものなんだ。だけど、ひとついっておきたいのは――意味があるかどうかはわからないけど――自分のなかにある最高の自分に恥ずかしくない生き方をしてほしいってこと。たとえば、だれかと約束をしたら、最高の相手と約束をしたなと思われるように心がけてほしい。カレッジでぼんやりして気の利かない女の子と同室になったら、気の利く女の子にしてあげよう。劇場の外にいて、どこかのおばあさんがガムを売りにきて、そのとき一ドル持っていたら、その一ドルを差し出そう――ただし、買ってあげてるんだよというふうにみせちゃだめ。そこが肝心なんだ。いろいろいいたいことがあるけど、正しいのかどうか自信はない。マティはまだ幼いけど、いいたいことはわかってくれると思う。マティはきっと賢くなる。だけど、もし賢く立派な人間になれないなら、いっそ幼いままでいてほしい。立派な人物になってほしい」

部屋でひとりしゃべっていたベイブは口を閉じた。ふいにマティと話したくなった。そしてベッドの端から立ち上がると、ガウンをはおり、吸っていた煙草の先を灰皿に押しつけて消し、部屋を出てドアを閉めた。

マティの部屋の外では、廊下の明かりがついていた。ベイブがドアを開けると、なかはちょうどいい明るさになった。ベイブはマティのベッドまでいくと、その端に座った。片方の腕が毛布の外に出ていたので、それをつかんで、目が覚める程度にそっと揺すった。マティは、はっとして目を開けたが、部屋のなかは目が痛くなるほど明るくはなかった。

「ベイブ」マティがいった。

「やあ、マティ」ベイブはぎこちなくいった。「何をしてるんだい」

「寝てた」マティが当たり前の返事をした。

「ちょっと話したいことがあってきたんだ」

「なに、ベイブ?」

「ちょっと話したいことがあってね。いい子になるんだぞって、いいにきたんだ」

「うん、いい子になるよ、ベイブ」マティはもう目が覚めていて、兄のいうことに耳を傾けている。

「わかった」ベイブは大きくうなずいた。「よし。じゃあ、寝ていいよ」

ベイブは立ち上がって、部屋から出ていこうとした。

「ベイブ！」

「しーっ！」

「戦争にいくんでしょ。みちゃったの。一度、テーブルの下で、ヴィンセントを蹴ったでしょ。わたし、靴の紐でいたずらしてるときにみちゃったの」

ベイブはマティのところにもどって、またベッドの端に腰かけた。そして真剣な顔でいった。

「マティ、母さんにはいうんじゃないぞ」

「けがしないでね、ベイブ！　けがしちゃいや！」

「だいじょうぶ。けがなんかするもんか。だいじょうぶだよ」ベイブは力をこめていった。

「マティ、いいか、母さんには絶対いうなよ。母さんには、駅で話そうと思ってるんだ。だから、おまえはいっちゃだめだ、いいね」

「いわない！　だから、けがしないで！」

「だいじょうぶだって、マティ。誓ってもいい。兄さんは生まれつき運がいいんだ」ベイブはかがみこんで、マティにおやすみのキスをした。「さあ、寝なさい」そういって部屋を出た。

自分の部屋にもどると、電気をつけた。それから窓際にいって、立ったまま、煙草をもう一本吸った。また雪が激しく降っていて、大きな雪片が窓ガラスにぶつかって張りつくまでは、ひとつひとつ見分けがつかない。しかし、この雪も夜が明ける頃にはさらさらした雪になって、朝には、ヴァルドスタの町は、深くさわやかな新しい雪におおわれるだろう。

これが生まれ育った町だ。ここで少年時代を過ごした。マティもここで成長していく。ここで、母さんがピアノを弾いていた。ここで、父さんが下手なティーショットを打っていた。ここにはフランシスが住んでいて、彼女なりに幸福を与えてくれる。しかし、ここにはマティが眠っている。敵が玄関のドアをたたいて、マティを起こしたり、こわがらせたりすることはない。だけど、これから家を出て、銃を持って敵と向き合わないと、そうなってしまうかもしれない。だから、ここを出る。そして敵を殺す。家にもどってきたい。もどってこられたら、最高に幸せだと思う。それはきっと——。

ベイブは振り向いた。だれだろう?

「どうぞ」

母親が入ってきた。ガウンを着ている。ベイブのほうにやってきた。ベイブは母親の肩に腕を回した。

「おや、ミセス・グラッドウォラーじゃありませんか」ベイブは楽しげにいった。「エッチングの売り場をおさがしでしたら——」

「ベイブ、いっちゃうのね。そうなんでしょ?」

「なんでわかったの?」

「わかるの」

「名探偵顔負けだなあ」ベイブは軽い調子でいった。

「でも、心配はしていないの」母親の冷静な口調に、ベイブは驚いた。「ベイブはすべきことをして、もどってくる。そんな気がするから」

「ほんとうに、母さん?」

「ええ、ほんとうよ、ベイブ」

母親はベイブにキスをして、部屋から出ようとして、ドアのところで振り返った。「冷蔵庫にコールドチキンがあるわ。ヴィンセントを起こして、ふたりでキッチンにいったら?」

「うん、いいね」ベイブはうれしそうに返事をした。

フランスにて

A Boy in France

初出　The Saturday Evening Post
一九四五年三月三十一日号

ポークと卵黄の缶詰を半分ほど食べると、彼は雨にぬれた地面に仰向けに転がった。ヘルメットをねじるようにしてはずすと痛かった。目を閉じ、頭のなかにあったものを一千くらいの穴から外に出すと、とたんに眠りに落ちた。目が覚めると、十時近くで――戦闘の時間、狂気の時間、だれのものでもない時間――冷たく曇ったフランスの空が暗くなり始めていた。転がったまま目を開けると、戦争にまつわる小さな思い――おぼえ間違いようのない思い、はっきりそこにあって、できることならなくしてしまいたい思い――がゆっくりと、しかし確実に頭のなかにしたたりながらもどってきた。頭のなかが限界まで、みじめな気持ちでいっぱいになると、陰気な、夜を予感した本能が頭をもたげてきた。寝る場所をさがせ。立て、毛布を取ってこい。こんなところで寝るな。

彼は、よごれて、くさい、疲れた上半身を起こして座った格好から、何をみるともなく、立ち上がった。ふらふらしながらかがんで、ヘルメットを拾い上げてかぶる。おぼつかない足取りでトラックまでいくと、巻いてある泥だらけの毛布の山からひとつ引っぱり出した。薄くて、寒々とした毛布を左の腕に抱え、草の生い茂った野原の縁を歩いていく。ハーキンの横を通り過ぎる。ハーキンは汗まみれになって自分の塹壕を掘っていたが、ふたりとも相手には興味がなく、目を合わすことはなかった。彼はイーヴズが塹壕を掘っているところまでいって、声をかけた。「イーヴズ、今夜は当番か?」

イーヴズは顔を上げて、「ああ」と答えると、長いヴァーモント鼻の先から汗が一滴、光りながらしたたり落ちた。

「じゃあ、やばそうなときには起こしてくれよな」「だけど、おまえがどこで寝てるか、わからないだろ」「寝場所に着いたら、大声で知らせるよ」

今夜は塹壕は掘らない、そう思いながら彼は歩いていった。**今夜は、塹壕用のちゃちなシャベルで土を掘ったり、根をぶった切ったりするのはごめんだ。銃弾をくらうことはない。だれでもいいから、この体に弾が当たらないようにしてくれ。明日の晩は、立派な穴を掘ってやる。絶対にな。だけど今夜はいやだ、いまはいやだ。全身が痛い。寝転がれる所があればいい。**そのときふと、塹壕が目に入った。まちがいなくドイツ兵が掘ったものだ。今日の午後まではそのドイツ兵がいた。長くていまいましい午後だった。

彼は痛む足で、少し速く歩きだした。そこに着いて、穴を見下ろしたとたん、一気に気持ちも体もなえてしまった。底にＧＩの汚れた野戦用上着がきれいにたたんで置かれている。だれでも知っている優先権の表示だ。彼はまた歩きだした。

もうひとつドイツ兵の掘った穴がみつかった。ぎこちない足取りでそちらにいって、なかをのぞきこんだ。ドイツ兵の灰色の毛布が半分広がって、半分しわになって、ぬれた土の上にみえる。ぞっとした。ついさっきまで、このなかにいたドイツ兵はここに転がって、血を流して、おそらく死んだのだろう。

彼は巻いた毛布を穴の横に置くと、ライフルとガスマスクと、背嚢《はいのう》とヘルメットをはずした。それから穴のそばにしゃがんで、少し離れたところに両膝をついて手をのばし、ドイツ兵の使っていた重い、血まみれの、悼む者もない毛布を引っぱり出した。それから地面の上でいびつな形に丸めると持ち上げ、穴のむこうの低木のしげみに放った。もう一度、なかをのぞいてみた。底の土はドイツ兵の分厚い二つ折りの毛布をぐしょぬれにしていたものでよごれている。彼は背嚢からシャベルを取りだし、穴に飛びこむと、暗い気持ちで、不気味な場所を掘り始めた。

底がきれいになると、外に出て、巻いてあった毛布を地面に広げた。毛布は二枚、ぴったり重なっている。それを縦半分に折って、まるで背骨のようなものが入っているかのように持ち上げると、穴のところまで持っていって、底までゆっくり下ろした。

二つ折りの毛布の折り目に土くれが落ちるのがみえた。彼はライフルとガスマスクとヘルメットを拾い上げて、穴の縁の、寝るとき、頭を置く側にきちんと並べて置いた。

上の二枚の毛布をつまみあげて少しめくると、泥だらけの靴をはいたまま上にのる。そして背をのばして野戦用上着を脱いで丸め、横になって寝る格好になる。穴は狭くて、膝をかなり曲げないと背中を伸ばせない。めくった毛布を体にかけて、きたない頭を、もっときたない野戦用上着の上に置く。暗くなりつつある空を見上げると、小さな土のかたまりがシャツの襟のなかに入ってきて不快になった。そのうちのいくつかはそこでとまり、いくつかはもっと下まで入ってきたが、放っておいた。

ふいに赤いアリが悪意をこめて、ようしゃなく脚にかみついてきた。ゲートルの少し上のところだ。片手を毛布の下に突っこんで殺そうとしたが、その手がぴたりと止まった。痛みに舌打ちをする。その日の朝、爪が一枚はがれたのに、それを忘れて、こすってしまったのだ。

彼はずきずき痛む指をさっと目の前にもってくると、薄れつつある光のなかで目をこらした。それから、けがをした指をいたわるというより、病人をいたわるかのように、手をそっと毛布の下にもどした。前線のＧＩにはよく知られている特別のアブラカダブラのおまじないを唱える。

「今度、毛布から手を出すときは」彼は祈った。「爪がはえて、手がきれいになっていますように。体もきれいになっていますように。きれいなパンツをはいて、きれいなアンダーシャツとワイシャツを着ていますように。青の水玉のネクタイと縦縞のグレーのスーツ。うちにもどって、玄関ドアの錠を差す。コンロでコーヒーをわかして、蓄音機にレコードをかけて、ドアの錠を差す。本を読んで、熱いコーヒーを飲んで、音楽をきいて、ドアの錠を差す。窓を開けて、かわいい物静かな女の子――フランシスじゃなくて、知らない子――を招き入れて、ドアの錠を差す。彼女に部屋を少しひとりで歩いてみてくれないかと頼み、彼女のいかにもアメリカ女性らしい足首をながめ、ドアの錠を差す。彼女にエミリー・ディキンスンの詩を読んでほしいと頼み――海図がないという詩――ウィリアム・ブレイクの詩――子羊に、だれが汝を造ったのかとたずね続ける詩——を読んでほしいと頼み、ドアの錠を差す。彼女はいかにもアメリカ女性らしい声をして、チューインガムかボンボンを持ってない？　なんて、きいたりしない。そしてドアの錠を差す」

彼はふと、痛む手を取りだしてみたが、期待していたような変化はなく、魔法も起こっていなかった。汗でよごれ泥がこびりついている胸ポケットのフラップのボタンを開け、しっけてかたまっている新聞の切り抜きの束を取り出した。それを胸の上に置いて、上の一枚をはがして、目の前に持っていく。いくつもの新聞に掲載されているブロードウェイ関係のコラムだ。彼は薄暗いなかでそれを読み始めた。

昨夜——さあ、みんな、そばにきて、ほら、もっと——ウォルドォーフ劇場に、ジェニー・パワーズをみにいったんだ。ジェニーはかわいいスターの卵で、出演する新しい映画の初日の挨拶にきていたんだ。作品は『ロケットの赤い輝き』（みんな、これは見逃しちゃだめだ。傑作だよ）。わたしたちは、アイオワのトウモロコシを食べて育った美人に——それまでの素敵な半生で大都市にきたのは初めてらしい——こうたずねた。ここにいるあいだに一番してみたいことは何？　すると美女が野獣に答えた。「ここにくる列車のなかで考えてたんです。ニューヨークにきてなによりしてみたいのは、本物のGIとのデートかなって！　そしたら、ここにきて最初の日の午後、ウォルドォーフ劇場のロビーで、バビー・ビーミズにばったり会っちゃったの！　彼は広報課の少佐で、ちょうどニューヨークに赴任したばかりなんですって！

すっごいラッキーだと思いません？」……さて、みなさまの取材記者として、あまりいうことはないんだけど、ラッキーなのはビーミズのほうじゃないか。それで思ったんだけど――

彼はそれをくしゃっと丸めてしめった玉にすると、残りの切り抜きも胸の上から取りあげて、すべていっしょに穴の縁の地面の上に放り投げた。

また空を見上げた。それはフランスの空で、まちがいなくフランスの空で、アメリカの空ではなかった。声に出してつぶやく。低い声で笑うような、泣くような声で「ウーララ！」と。いきなり、突然に、あわてて、彼はポケットから泥に汚れたかなり以前の封筒をつまみ出した。そして手早く封筒から手紙を抜き出すと、読み始めた。三十何回目かだ。

ニュージャージー州、マナスクワン
一九四四年七月五日

ベイブ兄さんへ

ママは、兄さんがまだイギリスにいると思ってるの。でも、わたしはフランスにいると思ってる。もうフランスにいるんでしょう？　パパはママに、ベイブはイギリスにいるといってるけど、本当はフランスにいると思ってるはず。フランスよね？

ベンソン一家は夏の早いうちから、この海岸にやってきて、ジャッキーはずっとあの家にいるの。ママは兄さんの本を持ってきてる。きっと夏には帰ってくると思ってるみたい。ジャッキーが、あのロシアの女の人の小説と、兄さんがいつも机の上に置いてある本を借りたいっていってきたから、二冊とも貸してあげた。ページを折ったりしないって約束してくれたから。ジャッキーはママに、煙草を吸いすぎよといわれて、やめることにしたみたい。わたしたちがここにきたときには、ジャッキーはひどく日焼けしてたの。彼女、兄さんのことが好きよ。婦人陸軍部隊に入るみたい。

ここにくるまえ、自転車に乗ってたら、フランシスをみかけたの。大声で呼んだけど、きこえなかったみたい。フランシスはすごく気取ってるけど、ジャッキーはそんなところはない。それに髪もジャッキーのほうがきれいよ。

今年は、男の子より女の子のほうが海岸に多いの。というか、男の子がほとんどいない感じ。女の子たちはトランプをしたり、おたがいの背中に日焼け止めのオイルを塗って日光浴をしたりしてるけど、まえよりよく泳いでるみたい。ヴァージニア・ホープとバーバラ・ギーザーはけんかしたみたいで、海岸でいっしょに座ることもなくなっちゃった。レスター・ブローガンは日本軍と戦争しているところで戦死して、レスターのお母さんはほとんど海岸にこなくなっちゃった。日曜日に旦那さんといっしょにくるくらい。旦那さんは奥さんと座ってばかりで、ちっとも泳ごうとしない。泳ぎがすごく上手だったのは、兄さんも知ってるでしょう。兄さんとレスターに、沖のブイのところまで連れていってもらったのはよく覚えてるもの。いまでは、ひとりであそこまで泳いでいくのよ。ダイアナ・シュルツはシー・ガートにいた兵隊さんと結婚して、ふたりで一週間カリフォルニアにいってたんだけど、その人が戦死したからここに帰ってきたの。ダイアナはひとりで、海岸で寝転んでる。
わたしたちがうちを出るまえ、ミスタ・オリンジャーが亡くなったの。ティーマーズ——お兄さんのほう——が自転車を直してもらおうと思ってお店にいったら、カウンターの後ろで倒れて死んでたって。ティーマーズがずっと泣きながら裁判所まで走っていったら、ティーマーズのお父さんは陪審員たちに一生懸命話しかけていたけど、そんなのかまわず走っていって、パパ、パパ、ミスタ・オリンジャーが死んじゃったって叫んだんだって。
海岸にくるまえ、兄さんの車を洗っておいた。前の座席の後ろにたくさん地図があったよ。カナダに旅行にいったときのやつだよね。机の引き出しに入れておいた。それから女の子の櫛もあった。たぶんフランシスのだよね。それも机の引き出しに入れておいた。いま、フランスよね?

愛してる
マティルダより

P.S.
兄さんが今度カナダにいくときは、いっしょにいっていい? あんまりしゃべらないようにするし、煙草に火をつけてあげるから。煙を吸いこまないように火をつけられるようになったよ。

じゃあ、また
マティルダより

兄さんがいなくてさびしいよ。お願い、早く帰ってきて。

愛とキスを
マティルダより

彼は穴のなかで手紙をそっと、よごれてぼろぼろになった封筒にもどし、封筒をシャツのポケットにもどした。

それから穴のなかで少し体を起こして叫んだ。「おーい、イーヴズ！ ここにいるからな！」

野原のむこうのイーヴズが彼をみて、うなずいた。

彼はまた穴のなかに身を沈めると、だれにともなく声に出していった。「お願い、早く帰ってきて」がくっと力が抜け、彼は膝を曲げたまま、眠りに落ちた。

このサンドイッチ、マヨネーズ忘れてる

This Sandwich Has No Mayonnaise

初出　Esquire　一九四五年十月号

仲間といっしょにトラックのなかで、安全ストラップの上に座り、ジョージア州のすさまじい雨を避けながら、特殊部隊の中尉がくるのを待ち、腹をくくるときを待っている。腹くらい、いつでもくくってやる。トラックのなかには男が三十四人。だが、ダンスにいけるのは三十人だ。四人は帰さなくちゃならない。右隣に座っている四人をナイフで刺し殺してやろうか。大声で「空の彼方へ」〔訳注 アメリカ陸軍航空軍の歌〕でも歌えば、間抜けな悲鳴もきこえやしない。それから、ふたり選んで（できればカレッジ卒のやつがいい）、四人の死骸をトラックから、ジョージア州のぬかるんだ赤土の上に投げ捨てさせる。いや、自分はこの席に座ったなかで「いちばんタフな十人の男」のひとりだなんてばかなことは考えないほうがいい。ボブシー・ツインズ〔訳注 アメリカの子供向け小説シリーズ。ボブシー家の二組の双子の子供が主人公〕が相手なら、勝ち目はあるけど。四人は帰さなくちゃならない。このトラックから……。さあ、「ヴァージニア・リール」〔訳注 男女が向かい合って踊るアメリカのフォークダンス〕を踊る相手を選べ、みんな……。

トラックの幌を叩く雨がますます激しくなる。この雨は友だちとは呼べない。自分の友だちでもないし、ほかの連中の友だち（四人は帰す）でもない。もしかしたら、キャサリン・ヘプバーンや、セアラ・ポルフリー・フェイビアン〔訳注 一九三〇、四〇年代にアメリカで大人気となったテニス選手〕や、トム・ヒーニー〔訳注 ニュージーランド出身のボクサー〕や、その他、ラジオシティ・ミュージックホールで列を作っているグリア・ガーソン〔訳注 イギリスの女優〕の根っからのファンの友だちかもしれない。だけど、こっちの友だちじゃないな、この雨は。ここにいるほかの三十三人（四人は帰す）の友だちでもない。

トラックの前方に座っている男がまた、こっちにむかって大声で何かいっている。

「なんだって?」よくきこえない。屋根の雨の音のせいでいらいらしてしょうがない。あいつのいっていることなんかききたくない。

また怒鳴ってる。三度目だ。「早くいきましょうよ。女を連れてきてください！」

「中尉を待つことになっているんだ」肘のところがぬれてきたので、土砂降りの雨から引っこめる。いったい、だれがレインコートを盗んだんだ。左のポケットには手紙が全部入ってる。ホールデンからの手紙と、フィービーからの手紙と、ホールデンからの手紙が入ってる。ホールデン。まったく、レインコートくらいくれてやってもいいが、手紙は置いてってくれよ。あいつは、弟は、まだ十九だ。あいつときたら、何ひとつ笑ってすますことも、皮肉で返すこともできない。心臓の代わりにつけているできそこないの小さな道具にしつこく耳を傾けることしかできない。そして戦闘中に行方不明になったままだ。まったく、レインコートなんか盗むなよ。

ホールデンのことは忘れろ。そんなことを考えるんじゃない、ヴィンセント。このトラックだって、いままでで最悪の、暗くて、ぬれてて、悲惨な軍隊のトラックなんかじゃないと思えばいい。このトラックにはバラとブロンド女とビタミンがいっぱいだ。こいつはほんとにきれいなトラックだ。すごいトラックだ。今夜、こんな仕事に当たってラッキーだ。ダンス――フォークダンスを踊る相手を選べ、みんな！――から帰ったら、このトラックを題材にして、いつまでも読み継がれる詩を作ろう。このトラックは、素晴らしい詩になる。タイトルは、「こないだ乗ったトラック」か「戦争と平和」か「このサンドイッチ、マヨネーズ忘れてる」か。シンプルなのがいい。

おい、雨、ちょっときけ。降り続けて、もう九日だぞ。ここにいる自分と三十三人（四人は帰す）に、ひどいと思わないか。ほっといてくれよ。おかげで、気分が沈んで、さびしくてしょうがない。

だれかが話しかけている。ナイフで殺せる距離にいるひとりだ。（四人は帰す）「なんだって？」

「どこ出身ですか、軍曹？　――腕がぬれてますよ」

また腕を引っこめる。「ニューヨークだ」

「ぼくもです！　ニューヨークのどこです？」

「マンハッタン。美術館から二ブロック離れたところだ」

「ぼくはヴァレンタイン・アヴェニューに住んでるんです。知ってますか？」

「ブロンクスかい？」

「はずれ！　ブロンクスのそばですけど、ブロンクスじゃありません。あそこもマンハッタンなんです」

ブロンクスのそばだが、ブロンクスじゃない、か。覚えておこう。相手がマンハッタンに住んでるときは、ブロンクスだろうと決めつけたりしないほうがいい、そうでないこともあるんだから。頭を使え。気をつけろ。

「入隊はいつだった？」話題を変える。相手は入りたての新兵だ。軍隊でもこんなにぐっしょりぬれてるやつはいないだろうというくらいぬれている。

「四ヶ月前です。南部で入隊して、船でマイアミに送られました。マイアミにいったことはありますか」

「いや」これは嘘だ。「すごくいいところなんだって？」

「すごくいいところかどうか」新兵は右側に座っている兵士を肘でつつく。「ファージー、代わりに答えてくれよ」

「なんだって？」ファージーがきく。ぬれて、震えて、よごれている。

「軍曹に、マイアミがどんなとこか話してあげろよ。いいとこかどうか。まかせる」

ファージーがこっちを向く。「いったことがないんですか、軍曹？」――それは残念ですね、軍曹――とでもいいたげな顔だ。

「ああ。すごくいいところなんだって？」

「いいなんてもんじゃありませんよ」ファージーが低い声で答える。「ほしいものはなんだって手に入りますから。思い切り楽しめるんです。本当にそうなんですよ。こんな田舎とは大違いです。ここじゃ、楽しもうたって、楽しみようがないでしょう」

「こいつとホテルに泊まってたんです」ヴァレンタイン・アヴェニューがいう。「戦争前だったら、あの部屋、一泊、五、六ドルくらいだったでしょう。ええ、ひと部屋」

「シャワー付きですからね」と、ファージー。いかにも切なそうな声だ。晩年、アベラールが、エロイーズの名前を呼ぶときはこんな声で呼んだんだろうと思わせるような声だ〔訳注 中世の神学者アベラールと修道女エロイーズの書簡集が有名で、これに着想を得て、ルソーが『新エロイーズ』を書く〕。「朝から晩まで、きれいでいられるんです。あそこでは、ひと部屋四人で、交代交代にシャワーを浴びてました。ホテルの石けんも使い放題なんです。いろんな石けんがあって、お好み次第。それも、軍隊の石けんとは別物ですからね」

「よお、元気だな」トラックの前方にいる男が大声でファージーにいう。ここからだと顔がみえない。

ファージーは相手にしない。「シャワー付きなんです」と繰り返す。「一日に二、三回浴びてました」

「あそこで、商売をしてたんですよ」トラックの中程にいる兵士がいう。暗いので顔がよくみえない。「南部じゃ、メンフィスとダラスが商売にうってつけの街なんですよ。冬のマイアミは人が多すぎて。頭が変になっちゃいます。いく価値のあるところはすべて、満席ですから」

「自分たちがいったときは、混んでなかったよな、ファージー?」と、ヴァレンタイン・アヴェニュー。

ファージーは答えない。話に乗ってこない。あまり興味がないんだろう。

商売をするにはメンフィスとダラスがいいといった兵士も、それに気づいているらしく、ファージーにいう。「この基地にきてからは、一日に一回シャワーを浴びられれば上等だもんな。基地の西側にいるんだけど、まだシャワーがついてないんだ」

ファージーは知らん顔だ。なんだ、そのくらべ方は、マイアミを基地なんかとくらべてどうする、といいたげだ。

トラックの前方から、だれかが大げさで断定的な言葉を飛ばす。「今夜も飛行機は飛ばないぞ！　候補生は今夜も飛ばない。これで八日間、夜は無飛行だ」

ファージーが面倒くさそうに顔を上げる。「ここにきてから、一度も飛ぶのをみたことがない。妻は、おれがもう飛んでると思ってるんだ。手紙をよこして、航空隊なんてやめたらどう、といってくる。B‐17かなんかに乗ってると思ってるらしい。クラーク・ゲーブルの記事を読んで、おれが爆撃機に乗って機銃を撃ってると思いこんでるんだ〔訳注　アメリカの俳優、クラーク・ゲーブルは第二次世界大戦中、爆撃機B‐17に乗って出撃したことがあり、このことは戦意高揚のための広報に使われた〕。基地で物を捨てる仕事をしてるなんて、とてもいえない」

「何を捨ててるんだ?」と、メンフィスとダラス。

「なんでも。いっぱいになったら捨てるんだ」ファージーはマイアミのことを一瞬忘れて、メンフィスとダラスをにらみつけた。

「そうか」メンフィスとダラスがいいかけたが、あとを続けるまえに、ファージーがこっちを向く。「軍曹、一度、マイアミのシャワーをみてみるといいですよ。ほんとにすごいんだ。あれを使ったら、二度とうちのバスタブを使おうなんて気になれません」ファージーはそういうと、また目をそらす。こっちの返事にはなんの興味もないらしい。まあ、気持ちはわかる。

メンフィスとダラスが親身に前かがみになって、ファージーにいう。「乗せてやろうか？　飛行機の発着係をやってるんだ。ここの中尉連中はみんな月に一度くらい遠出をするんだが、ときどき、後ろの席が空いてることがあって、もう何度も乗せてもらった。マクスウェル基地にもいった。あちこちいったな」そういいながら、ファージーを責めるかのように指を向ける。「だから、もし、いつか、飛行機でどこかにいきたくなったら、電話をくれ。発着事務所に電話して、呼んでくれればいい。名前はポーターだ」

ファージーは、どうでもよさそうだ。「わかりました。ポーターですね。伍長か何かで？」

「いや、兵卒だ」ポーターが、少し冷ややかに答える。

「まったく」ヴァレンタイン・アヴェニューが声を上げる。こっちの頭越しに、雨の降りしきる夜の闇に目をこらしている。「すげえ雨だ！」

——あいつはどこにいるんだ？　ホールデンはどこにいる？　作戦行動中行方不明って、なんだ？　そんなの、そんなの、そんなの信じるもんか。合衆国政府は嘘つきだ。政府は、家族に嘘をついている。

そんなばかな話があるか。嘘に決まってる。

あたりまえだ。ホールデンはヨーロッパ戦線で、傷ひとつ負わず、生きのびて、もどってきて、みんなと再会して、それから船に乗って太平洋を渡った。それが去年の夏——あのときは元気そうだった。行方不明だって？

行方不明、行方不明、行方不明。嘘だ！　だまされているんだ。あいつは行方不明になんかなってない。あいつほど行方不明になりそうにない人間はほかにいないくらいだ。あいつはいま、このトラックに乗っていてもおかしくない。ニューヨークの家にいてもおかしくない。ペンティ・プレップスクールにいるのかもしれない（「どうぞご子息をわが校へ。立派な大人に鍛えあげます——わが校の施設はすべて耐火建築で……」）。そうだ、あいつはペンティ校にいて、まだ卒業していないんだ。ケープコッドで、ポーチの椅子に座って、爪を噛んでいるのかもしれない。ダブルスの試合の最中でこっちにむかって、「ぼくがネットのそばにいるときは、兄さんは後ろを守ってて」と大声でいっているのかもしれない。行方不明だって？　これが？なんで、こんなに重要なことで嘘をつく？　なんで、政府はこんなことをする？　こんなことをしてなんになる？　こんな嘘をついて！

「軍曹！」トラックの前方の兵士が大声で呼んだ。「早くいきましょう！　女の子たちを連れてきてくださいよ」

「どんな子たちなんですか、軍曹？　かわいい子ですか」

「今夜のことはよく知らないんだ。たいがいはみんな素敵な子ばかりだ」いってみれば、どんな子がいようと、たいして変わりはない。男は必死に頑張る。みんな頑張って、自分を売りこむ。自分だって、そうだ。女の子に、どこ出身ときかれて、どこどこ出身と答えると、あら、どこどこ出身なのね！　と返される。それから女の子は、アメリカ陸軍伍長のダグラス・スミスのことを話しだす。彼はニューヨークに住んでいるんだけど、知ってる？　ときかれて、知らないと思う、と答えて、ニューヨークってでっかい街だね、と話をつなぐ。兵隊に取られた自分と結婚して、ヘレンが一年か六年、寂しく待つようなことをさせたくない、だから、ダグラス・スミスを知っていて、ロイド・C・ダグラス〔訳注 一八七七〜一九五一。米国の聖職者でベストセラー作家〕の小説を全部読んでいるという、初対面の女の子と踊り続ける。そしてダンスをしながら、バンドの演奏をききながら、ダンスと音楽以外のことをあれこれ考える。妹のフィービーは毎日、うちの犬を散歩させているだろうか。ジョーイの首輪をいきなり引っ張っちゃいけないことを覚えているだろうか。まったく、フィービーときたら、いつかジョーイを殺してしまうぞ。

「こんな雨は初めてだ」ヴァレンタイン・アヴェニューがいう。「ファージー、こんな雨に降られたことあるかい」

「こんな、なんだって?」

「こんな雨」

「まさか」

「早くいきましょうよ！　女の子を連れてきてください！」うるさい男が前屈みになっていう。やっと顔がみえた。このトラックのほかの兵士と似た顔だ。自分もふくめ、みんな同じような顔をしている。

「軍曹、中尉って、どんな人なんです?」ブロンクス近くの兵士がきいてくる。

「よくは知らないんだ。中尉は二日ほどまえに基地にやってきたんだ。軍隊に入るまえは、このあたりに住んでいたらしい」

「ラッキーですね。配属された場所の近くに家があるなんて」と、ヴァレンタイン・アヴェニユー。「自分が、ミッチェル基地に配属されるようなもんだ。うちまで三十分ですよ」

ミッチェル基地。ロングアイランド。あの夏の土曜日、ポート・ワシントンはどうだったかな？ レッドがこういった。「博覧会〔訳注 一九三九―四〇年に開催されたニューヨーク万国博覧会〕にいってみたらいいんじゃないか。すごくきれいなところだし」そこでフィービーをつかまえると、フィービーはミナーヴァ《女神ミネルバ》って、すごい名前の子といっしょだったので、ふたりを車に乗せて、ホールデンをさがした。ところがみつからなかったので、フィービーとミナーヴァと自分と三人で、ホールデン抜きでいってみた。……会場に着くと、ベル電話展示場にいって、フィービーにこういってやった。この電話は「エルシー・フェアフィールド」シリーズの本を書いた人につながっているんだ。するとフィービーは、まったくフィービーらしく、震え始めた。そして受話器を取りあげると、震える声で話し始めた。「もしもし、わたしはフィービー・コールフィールドです。女の子で、いま、万国博覧会にきています。あなたの書いた本を読みました。あっちこっちが、とてもすばらしいと思います。父さんと母さんはいま、ニューヨークのグレート・ネックの劇場で『明日なき抱擁』〔訳注 原題はDeath Takes a Holiday。もとはイタリアの芝居だが、一九三四年の米国映画が有名〕に出ています。みんなでよく泳ぎにいきます。でも、海はケープコッドがいいです。さようなら！」……そして建物を出たところでホールデンに会った。ハートとカーキー・モリスがいっしょだった。ホールデンは兄――つまり自分――から借用したタオル地のシャツを着ていた。上着はなし。こっちにやってくると、フィービーに、サインをしてくれといって、腹をなぐられた。フィービーはホールデンに会えたのがうれしくて、ホールデンが兄であることがうれしかったんだ。ホールデンがいった。「兄さん、こんな教育的ガラクタから出て、何か乗り物に乗ろうよ。ばかばかしくて、やってられない」それなのに、あいつが行方不明だという。行方不明？　だれが行方不明だっていうんだ？　あいつじゃない。あいつはいま万国博覧会にいるんだ。どこにいけばみつかるかわかってる。居場所は正確にわかってるんだ。フィービーだってわかってる。フィービーなら、すぐにでもみつけだせる。いったい、どういうことなんだ。行方不明、行方不明、行方不明だって？

「うちから四十二番ストリートまでどれくらいかかるんだ？」ファージーがヴァレンタイン・アヴェニューにたずねている。

ヴァレンタイン・アヴェニューはちょっとうれしそうに考えて、「うちから」真面目な顔で答える。「パラマウント劇場まで地下鉄で、きっかり四十四分。そのことでガールフレンドと二ドル賭けて、勝ったんだ。まあ、もらうつもりはなかったけど」

マイアミよりメンフィスとダラスが好きな男が口を開いた。「今夜くる女の子だけど、ちゃんとした子なんだろうな。つまり、子どもじゃないよな。おじさん扱いされたくないんだ」

「そうだ、あまり汗をかかないように気をつけよう」ファージーがいう。「GIのダンスは激しいからさ。汗をかきすぎると、女の子に嫌われる。おれの妻だって、いやがるんだ。ただし自分が汗をかくのはかまわないんだとさ――それとこれとはちがうらしい。まったく、女ってのは。ほんと、頭にくるよ」

すさまじい雷鳴が響いて、全員が飛び上がる。自分もトラックから転げ落ちそうになって、安全ストラップの上から体がずれる。ヴァレンタイン・アヴェニューがファージーのほうに寄って、場所を作ってくれる。トラックの前方から南部訛りの声が話しかけてくる。

「アトランタにはいったことがありますか」

だれもが身構えて、次の落雷を待っている。「いや」

「アトランタはいい町ですよ」

——突然、どこからともなく、特殊部隊の中尉が現れる。ずぶぬれで、頭をトラックのなかに突っこんでいる（四人は帰す）。まびさしのついた帽子の上はオイルスキンでおおってある。まるでユニコーンの膀胱みたいだ。顔もぬれている。彫りの浅い顔で、若々しい。政府から与えられた新しい命令を遂行する自信はなさそうだ。中尉は、こちらをみて、（手紙ごと）盗まれたレインコートの袖の下にあるべき袖章に目をやった。

「きみが責任者か？　軍曹」

正解。踊る相手を選べ、みんな……

「はい、そうです」

「何人いる？」

「数え直したほうがいいと思います」そういって、振り向く。「おい、マッチを持ってる者は擦ってくれ——人数を確認したい」四、五人が同時にマッチを擦ったので、数える振りをした。

「自分をふくめて三十四人です」

雨の中にいる中尉は首を振った。中尉に「多すぎる」といわれ、しかたなく、思い切りびっくりした顔をしてみせる。「中隊事務室にはすべて電話をして」中尉が小声で教えてくれる。「はっきり伝えてあるんだ。各中隊、五人しか連れていけない」（ここで初めて、ことの重大さに気づいた振りをする。中尉に、ふたりで四人銃殺しましょうかといってやろうか。それともダンスにいきたがっている兵士を銃殺した経験のある小部隊を派遣してもらいましょうかといってやろうか）……「軍曹、ミス・ジャクソンを知っているか」

「知っています」ほかの兵士たちが、手に持ったタバコを吸いもしないで聞き耳を立てている。「ミス・ジャクソンから今朝、電話があって、きっちり三十人といわれたんだ。軍曹、悪いが、このうち四人は部隊にもどってもらわなくてはならない」中尉は目をそらして、トラックの奥のほうに目をやり、ぬれていく闇のなかで中立を決めこむ。「選ぶのはまかせる」中尉はトラックのなかにむかっていう。「しかし、決めてくれ」

しかたなく、兵士たちを横目でうかがいながらいう。「今夜のダンスの申込書にサインしなかった者はいないか？」

「こっちをみないでくださいよ」ヴァレンタイン・アヴェニューがいう。「ちゃんとサインしました」

「サインしなかった者は？　だれかからきいて、ついてきた者はいないか？」——いいぞ、軍曹、そのまま続けろ。

「急いでくれ、軍曹」中尉はしずくのたれている頭をトラックのなかに突っこんでいう。

「さあ、さっさといってくれ。サインしなかった者は？」——さあ、さっさといってくれ。サインしなかった者は、だって？　こんなばかな質問はきいたことがない。

「軍曹、みんなサインしてますよ」と、ヴァレンタイン・アヴェニュー。「問題は、自分の中隊でも、七人くらいサインしたってことなんです」

なるほど。頭を使うとしよう。いい代替案を出せばいい。「基地で映画をみたい者は？」

反応なし。

いや、ひとり反応あり。

ポーター（メンフィスとダラス）が黙って立ち上がると、出入り口のほうに向かう。両側の男たちが脚を引いて、通してやる。こちらのほうにやってきたので、みんなと同じように脚を引いてやる。案外と大物だったんだな、とか声をかける者はいない。

それからもうひとり。「ちょっと通してくれ」ファージーが立ち上がり、「既婚者は今晩、手紙を書くことにする」といって、さっさとトラックから飛び降りた。

それからまた待つ。ほかの兵士も待っている。ほかにはだれも立とうとしない。「あとふたり」、思わず声がもれる。プレッシャーをかけてやろう。そうとも。こいつらの根性が気に入らない。全員そろって、がまんならないほど、馬鹿ばかりだ。いったい、どうしたっていうんだ。こんなところで、つまらないダンスを踊って心から楽しめるとでも思ってるのか？　トランペットが「マリー」を演奏してくれるとでも思ってるのか？　この間抜けどもは、いったいどうしたっていうんだ？　この自分も、いったいどうしたんだ？　なんで、全員いけたらいいのになんて考えてる？　なんで、自分もいけたらいいな、なんて考えてる？　いけたらいいな、だって？　冗談はよせ。おまえはいきたくてたまらないんだろう、コールフィールド……。

「しかたない」淡々という。「左側のふたり。外に出ろ。名前は知らないが」

――名前は知らないが、だって？

――まったく！

あのうるさいやつ、早くいきましょうと怒鳴ってたやつが、外に出ていこうとしている。あいつがあそこに座っていたのをすっかり忘れていた。だが、あいつがぎこちなく、黒インクの雨のなかに出ていく。その後ろについて、しぶしぶという感じで、もうひとり。小柄な男――というより少年だということが光のなかでわかった。

少年はぬれてゆがんだ舟形略帽をななめにかぶり、中尉のほうをみて、雨のなかでじっと立っている。まるで命令されたかのようだ。幼いといってもいい、おそらく十八歳くらいで、ホイッスルが鳴ってもうるさく騒ぎ続ける若い連中にはみえない。目が離せないでいると、中尉も振り向いて、少年をみた。

「ぼくはリストにサインしてるんです。あの人が用紙を鋲でとめたとき、サインしました。すぐにサインしたんです」

「すまん、悪いな」中尉が声をかける。「――これで、準備はいいか、軍曹？」

「オストランダーにきいてください」少年は中尉にそういうと、トラックのなかに首を突っこんで、「おおい、オストランダー！　ぼくの名前はリストの一番上にあったよね？」

雨がそれまで以上に激しくなる。ダンスにいきたがっている少年は目の前でびしょぬれになっている。手をのばして、少年のレインコートの襟を立ててやる。

「ぼくの名前、リストの一番上だったよね」少年がオストランダーに大声でいう。

「なんのリストだ?」と、オストランダー。

「ダンスにいきたい者のリストだよ!」少年が声を張り上げる。

「ああ」と、オストランダー。「それがどうした? おれの名前も書いてあるぞ」

ああ、オストランダー、おまえはずるいぞ!

「ぼくの名前、一番上にあったよね」少年は声がかすれている。

「どうだったかなあ」オストランダーがいう。「なんで、おれがそんなこと知ってると思うんだ?」

少年は必死の顔で中尉のほうをみる。

「ぼくは一番上にサインしたんです。本当です。ぼくの中隊のあの人が――あの外人っぽい人が、中隊事務室に詰めているあの人が――鋲でとめて、すぐ、サインしたんです。ぼくが最初なんです」

中尉はしずくをたらしながらいう。「わかった、なかに入れ。トラックにもどっていい」

少年がトラックにもどると、まわりの連中が場所を空けてやる。

中尉がこちらをむいてたずねる。「軍曹、このへんに電話はあるか?」

「はい。通信技師のところにあります。ご案内します」

細い川が何本も流れる赤土の沼のような道を歩いて、通信技師のいるところへ歩いていく。

「ママ?」中尉が送話器に話しかける。「バディだよ……ぼく……うん、ママ。そうだよ、ママ。そのつもりだよ。たぶん、日曜日かな。みんながいっているように休暇が取れたら。ママ、セアラ・ジェインはいる?……うん、話していい?……うん、ママ。できたら、そうするから、ママ。たぶん、日曜日」

それからまた中尉は話し始めた。

「セアラ・ジェイン?……元気だよ。元気……そのつもりだ。ママには、たぶん日曜日といっておいた。休暇が取れたら、だけど。——きいてくれ、セアラ・ジェイン。今晩、何か予定はある?……それは、残念だね。ほんとに。——きいてくれ、セアラ・ジェイン。車はどうなってる? 修理させてくれた? そうか、よかった。よかったよ。すごく安いな。プラグも何も全部ふくめてなんだから」中尉の口調が変わって、くだけた感じになった。「セアラ・ジェイン、きいてくれ。悪いけどさ、今晩、車でミス・ジャクソンのとこにいってほしいんだ……うん、その、ここの兵士を連れてミス・ジャクソンが開くパーティにいくことになってるんだ。知ってるって?……それで、困ったことに、ひとり多いんだ……うん……うん……うん……わかってる、セアラ・ジェイン。それはわかってる。そう、雨が降ってるし……うん……うん……」中尉の声がいきなり、断固とした調子で、きびしくなった。受話器に向かって、「頼んでるんじゃない。すべきことを伝えているんだ。いいか、車でミス・ジャクソンのところにいってくれ。いますぐにだ——わかったか?……かまわない……わかった。わかった……あとで会おう」中尉はそういって電話を切る。

ふたりで、骨まで、孤独の骨まで、沈黙の骨までぬれて、足下の悪い道をトラックまで歩いてもどる。

ホールデン、どこにいるんだ？　行方不明なんて知らせは気にするな。隠れんぼなんかしないで、出てこい。どこでもいいから出てきてくれ。きこえるか？　頼む、頼むから。すべて覚えているから、もどってきてほしいんだ。楽しかったことは何ひとつ忘れられないんだ、だからもどってきてほしい。きいてくれ。だれかのところにいって、士官でも、ＧＩでもいいから、ここにいますといってくれ——行方不明じゃありません、死んでません、ここにいますといってくれ。

もう冗談はやめてくれ。みんなに行方不明だなんて思わせるのはやめろよ。兄さんのローブを着て海岸にいくのも、兄さんのほうにきた球まで打とうとするのも、口笛を吹くのもやめて、テーブルについてくれよ……。

他人

The Stranger

初出　Collier's　一九四五年十二月一日号

マンションの部屋のドアに出てきたメイドは若く、無愛想で、いかにもパートタイムですといわんばかりだった。やってきた若者に、「なんの用？」と、敵意さえ感じさせる言い方できいてきた。

若者は「ミセス・ポークに」と答えたが、すでに、雑音の多いインターフォンで四回、その名前を繰り返していた。

若者は思った。インターフォンや玄関にこんな気の利かないメイドが出てくる日にくるなんて。それも、花粉症で目をえぐりだして捨てたくなるような日にくるなんて。そのうえ——いや、そもそもこなけりゃよかった。こんなところにくるよりは、妹のマティを連れてまっすぐ、マティの好きな油っぽい中華料理店にいって、そのまま芝居のマチネにいって、そのまま列車に乗ってれば——この家に立ち寄って、まだ整理のつかない感情と向き合ったり、会ったこともない人にその感情を押しつけたりせずにすんだのに。いや、待て！　まだ間に合うかもしれない。馬鹿笑いして、嘘をついて、ここを立ち去ればいいじゃないか。

メイドが後ろにどいて、不機嫌そうな口調で、まだお風呂か、もう出たか、どうだかといった。目を赤くした若者は、足の長い小柄な女の子を連れてなかに入った。

悪趣味な、家賃の高いニューヨークの小さなマンションだ。借りそうなのは新婚のカップルくらいだろう。それも、部屋をさがし疲れて、ここであきらめたか、彼女が彼の腕時計にみとれて、ろくになかをみなかったかのどちらかだ。

若者と女の子が待つようにいわれたリビングは、安楽椅子がひとつ多いように思えたし、夜の間に繁殖するんだろうかと思うほど読書灯がたくさんあった。ただ、異様に派手でわざとらしい暖炉の上には立派な本が何冊も置いてある。

それにしても、リルケの著作や、『美しくもいまわしい者』や、『ジャマイカの烈風』なんか、だれが買って読んでるんだろう。ヴィンセントの彼女か、それとも彼女の夫か？

若者はくしゃみをした。それから歩いて、よさそうなレコードが雑に積み上げてあるところまでいくと、上の一枚を手に取った。昔のベイクウェル・ハワード――まだ売れるまえ――の『ファット・ボーイ』だ。だれのものなんだろう？　ヴィンセントの彼女か、それとも彼女の夫か？　レコードをひっくり返して、涙がにじむ目で、タイトルのステッカーに貼りつけてある汚れた白の粘着テープをみた。それには緑のインクで持ち主の名前と注意が書いてあった。

ヘレン・ビーバーズ――ルーデンウェグ２０２号室――持っていかないで！

若者は尻のポケットからハンカチを取りだして、またくしゃみをした。それからレコードの表をみた。ベイクウェル・ハワードの荒削りで繊細なトランペットの音が頭のなかに響いてくる。もどってこない時代の音楽がきこえてきた。ささやかな、歴史にも残っていない、よき時代、第十二連隊〔訳注　ノルマンディー上陸作戦で実際にサリンジャーが所属していた部隊〕にいて死んでしまった若者たちがまだ生きていて、いまはないダンスフロアで、そのときはまだ死んでいなかった若者たちのなかに飛びこんでいった時代。多少は踊れる連中もまだ、シェルブールとかサン＝ローとかヒュルトゲンの森とかルクセンブルクなんて地名を知らなかった時代。

そんな音楽に耳を傾けていると、後ろで妹がゲップの練習を始めた。彼は振り向いて、「やめなさい、マティ」といった。

そのとき、大人の女性らしいかすれた、そのくせ子どもっぽくて、とてもかわいい声がきこえて、本人が部屋のなかに入ってきた。

「こんにちは。お待たせしてごめんなさい。ミセス・ポークです。この部屋にどんなふうに取り付ければいいと思う？　ほら、窓がどれも変でしょ。でも、あの、なんていうのかしら、あのむこうの古くて汚らしい建物をみたくないの」その女性は、小さい女の子がいるのに気がついた。たくさんある安楽椅子のひとつに座って、脚を組んでいる。「まあ！」女性は声を上げた。「この子はだれ？　妹さん？　かわいい子ね！」

若者はあわててポケットからハンカチを取り出すと、四回くしゃみをしてから、答えた。

「妹のマティです」若者はヴィンセントの彼女にいった。「それから、カーテン屋じゃありません。もし……」

「あら、カーテン屋さんじゃないの？　……目がどうかしたの？」

「花粉症なんです。ベイブ・グラッドウォラーといいます。ヴィンセント・コールフィールドと陸軍でいっしょでした」ベイブはくしゃみをした。「とても仲がよかったんです……あの、くしゃみをするたびにこっちをみないでください。妹を連れてランチをしてマチネをみるつもりで街にやってきて、ここに寄ってみようかと。もしいらっしゃったら、お会いしたいと思って。電話か何かすればよかったんですけど」そういって、またくしゃみをした。それから顔を上げた。ヴィンセントの彼女はこちらをみつめている。素敵な女性だ。葉巻に火をつけたりしても素敵にみえるだろう。

「あの」彼女としては、おさえた声でいった。いつもは大声でしゃべるほうなのだ。「この部屋は暗くて陰気でしょ。わたしの部屋にいきましょう」そういうと、後ろを向いて歩き出した。そして背を向けたまま いった。「彼の手紙に書いてあったわ。たしか、Vで始まる場所に住んでるんでしょう?」

「ヴァルドスタです。ニューヨークの」

三人は明るくて感じのいい部屋に入った。ヴィンセントの彼女と、彼女の夫の部屋だ。

「あのね、わたしあのリビング、大嫌いなの。どうぞ、椅子にかけてちょうだい。そのレコードは床に放っておいて。かわいい妹さんは、わたしといっしょにベッドに座りましょう。ほんとにかわいいわね。それにきれいなワンピース! それで、なんで会いにきてくださったの? いいえ、うれしいの。だから話してちょうだい。くしゃみをしても、そちらをみないから」

ベイブは圧倒されていた。この顔立ちと体型と声は致命的だ。こんな美に耐性のある男なんてひとりもいないだろう。ヴィンセントも、ちゃんと警告しておいてくれればよかったのに。

いや、警告してくれたっけ。そうだ、してくれた。

　ベイブはいった。「えっと、その――」

「あの、なぜ、あなたは陸軍にいないの？」ヴィンセントの彼女がたずねた。「陸軍にいないんでしょう？　ねえ！　あの新しくできた点数制度か何かで出てきたの？」〔訳注　当時のアメリカ陸軍は点数制度を取っていて、戦功などで八十五点を獲得すると除隊・帰国することができた〕

「兄さんは百七点もらったの」マティがいった。「従軍星章を五つもらってる。でも、五つもらうと、銀星章ひとつになるの。ちいさいリボンみたいなものに金色の小さいやつを五つもつけられないから。五つつけられたら、そのほうがかっこいいのに。そのほうがすごそうだもん。でも、兄さんはもう軍服は着ないの。だから、あたしがもらった。もらって箱にしまってあるの」

　ベイブは、ほとんどの背の高い男がするように、長い脚を組んで、片方の足首を膝に置いている。「軍隊にはいません。除隊したんです」ベイブはズボンの下にのぞいている靴下をみた。軍靴をはかなくていい新しい世界にもどってきたばかりで、まだ見慣れない代物だ。それから顔を上げて、ヴィンセントの彼女をみた。彼女は現実にここにいるんだろうか？　「先週、除隊しました」

「そう。よかったわね」

　どうでもよさそうな口調だった。あたりまえだ。ベイブはとりあえずうなずいて、たずねた。

「その……ヴィンセントが――戦死したのはご存じですよね」

「ええ」

　ベイブはまたうなずいて、脚を組みかえると、もう一方の足首をもう一方の膝に置いた。

「彼のお父さんから電話がきたから」ヴィンセントの彼女は答えた。「直後だったわ。お父さんは、ミス……といいかけて、黙っちゃった。わたしのことを小さい頃から知ってたけど、ファーストネームを思い出すことができなかったみたい。わたしが彼のことを愛していて、わたしがハウィ・ビーバーズの娘だってことだけは知ってたけど。それで、まだわたしたちが婚約していると思ってたみたい。ヴィンセントとわたしが」

　彼女はマティのうなじに手を置いて、マティの右腕をみつめた。すぐそばにあったから、そうしただけで、マティの右腕が目を引いたわけではない。ワンピースの袖からのびている腕は日にやけていてかわいかった。

「ヴィンセントのことを、多少知りたいんじゃないかと思って」ベイブは六回ほどくしゃみをして、ハンカチをしまった。ヴィンセントの彼女はベイブのほうをみていたが、何もいわなかった。ベイブは戸惑い、言葉に詰まった。もしかしたら彼女は、前置きなんかいらないと思っているのかもしれない。ベイブはそう思って、話を続けた。「彼が死んだとき幸せだったかどうかはわかりません。申し訳ないけど、何ひとつ、よかったといえるようなことがないんです。だけど、すべてちゃんとお伝えしたくて」

「嘘はつかないで。本当のことを知りたいから」ヴィンセントの彼女はいった。マティのうなじから手を離してそこに座っていたが、どこをみるでもなく、何をするでもなかった。「ええ。彼が死んだのは朝方でした。われわれは六人で、たき火をしてそのまわりに立ってたんです。ヒュルトゲンの森のなかでした。迫撃砲の砲弾が落ちてきたんです。それも突然。あの爆弾はヒューという音も何もきこえないんです。ヴィンセントとほかの三人が被弾しました。彼は三十メートルほど離れた、衛生兵の指揮所のテントで死にました。砲弾にやられて三分もたっていませんでした」ベイブは何度かくしゃみをしてから、続けた。「おそらく、全身が強烈に痛んで、痛いどころか、ただただ闇のなかを漂っているような感覚だったはずです。だから痛みは感じていなかったと思います。きっと、そうです。目は開いていて、こっちの顔はみえていて、言葉もきこえていたはずですが、何もいいませんでした。最後にこんなことをいいました。たき火が消えそうだ、だれかくべる枝を持ってこいよ——できれば、若いやつがいい。彼の口調はご存じでしょう」ベイブは言葉を切った。ヴィンセントの彼女が泣きだしたからだ。彼はどうしていいかわからなかった。

マティが口を開いて、ヴィンセントの彼女にいった。「とっても頭のいい人だった。うちに遊びにきてくれたことがあるの。すごく楽しかった！」

ヴィンセントの彼女は片手で顔をおおって泣き続けていたが、マティの言葉はきこえていた。ベイブは自分のローカットの靴をみつめて、落ち着くような、まともになれるような、気が楽になるようなことが起こらないか待った——たとえば、ヴィンセントのかわいい彼女が泣きやむとか。

するとと彼女が泣きやんだ——それもふいに——そこで彼はまた話しだした。「あなたは結婚していますし、ぼくもあなたを泣かせにきたわけじゃありません。ふと思ったんです。ヴィンセントからしょっちゅう、あの子は心から愛してくれてるんだときかされていたから、あなたも彼のことを知りたいんじゃないかと思って。申し訳ありません。いきなりやってきて、それも花粉症で、ランチにいってマチネにいく途中なんかに立ち寄ったりして。なんだか、どうしようもなくて。なにもかも、どうしていいのかわからない。ここにきたって何もいいことなんかないのはわかってたのに、きてしまった。自分でも、自分のどこが悪いのかわからないんです。もどってきてからずっと」

ヴィンセントの彼女がたずねた。「迫撃砲ってどんなもの？　大砲のこと？」

女の子ときたら、何をいいだすか何をしだすか、まったくわからない……。「まあ、なんていうか、ヒューーーともなんとも音がないまま、砲弾が落ちてくるんです。すいません」あやまってばかりだと、ベイブは思った。しかし、砲弾の破片でやられた恋人を持つ女の子すべてにあやまりたい気持ちでいっぱいだった。迫撃砲の砲弾は音を立てずに落ちてくる。ヴィンセントの彼女に冷たくいいすぎたんじゃないかと心配になってきた。このいまいましい花粉症もなんの助けにもなっていない。しかし、それより恐ろしいのは、戦争にいっていない人たちにこういうことをいいたくてたまらない気持ちのほうだ——この気持ちのほうが、声に出していうことよりずっと恐ろしい。

この気持ち、兵士としての気持ちは何より正確に伝えなくてはならない。細部にいたるまで、間違いがあってはならない。話を終えたとき、相手が安易な嘘を信じて立ち去るようなことがあってはならない。嘘は絶対に、だめだ。ヴィンセントの彼女に、彼は死ぬ前、煙草を吸いたがったと思わせてはならない。彼は勇敢に微笑んだとか、最期に立派な言葉を口にしたと思わせてはならない。

そんなことはなかったのだから。そんなことはほとんどどれも映画か小説の話であって、そんなことができるのはごくごく限られた兵士、それも生の喜びが抜け落ちていることが最期までわからなかった兵士だけなのだ。ヴィンセントのことで彼女に嘘をついてはならない。どんなに彼女が彼を愛していても、それだけはだめだ。最も身近で、最も大きな嘘を撃ち落とせ。おまえがもどってきたのは、そのためなんだ。おまえが運に恵まれたのは、そのためなんだ。死んだ仲間をがっかりさせるな。撃て！　撃て！　さあ！　撃て！

ベイブは組んでいた脚をほどくと、両方の手首の内側で額を軽くこすってから、十回ほどくしゃみをした。四枚目のハンカチを出すと、かゆくて涙がにじんでいる目をぬぐって、もどした。「ヴィンセントはあなたのことがとても好きでした。別れることになった理由はよく知らないのですが、どちらのせいでもないのはわかっています。彼があなたのことを話すのをきいて——別れることになったのは、だれのせいでもないと思いました。それとも、どちらかのせいなんですか？　いや、こんなことはきくべきじゃなかった。あなたは結婚しているんだから。それとも、どちらかのせいだったんですか？」

「彼のせいよ」

「じゃあ、なんでポークさんと結婚したの？」マティがきいた。

「彼のせいなの。きいて。わたしはヴィンセントを愛していた。彼の家の人たちも、兄弟も、お父さんもお母さんも大好きだった。何もかも大好きだった。わかって、ベイブ。でもヴィンセントは何も信じなかった。夏がきても夏だと信じなかったし、冬がきても冬だと信じなかった。彼が何も信じなくなったのは、大好きだった幼いケネス・コールフィールドが死んでからなの。弟のね」

「彼がとても愛していた、あの弟ですか？」

「ええ。わたしはすべて大好きだったの。本当よ」ヴィンセントの彼女はそういって、マティの腕にそっと触れた。

ベイブはうなずいた。それからくしゃみをしないで、コートのポケットに手を入れて何か取りだした。「あの、彼が書いた詩です。嘘じゃありません。彼から航空便の封筒を何枚か借りたとき、そのうちの一枚の裏に書いてあったんです。よかったら、受け取ってください」彼は長い腕をのばし、シャツの袖に輝いているカフスボタンに目をとめながら、泥でよごれた軍隊用エアメールの封筒を渡した。軽く折ったあとがあって、端がちぎれている。

ヴィンセントの彼女は封筒をみて、唇だけを動かしながら詩の題名を読んだ。それからベイブをみた。「まあ、嘘みたい！　ミス・ビーバーズだって！　わたしのことをミス・ビーバーズだなんて！」

彼女はまた詩に目をもどすと、黙って読んだ。唇が動いている。読み終わると首を振ったが、何かを否定するような仕草ではなかった。それからもう一度、読み返すと、小さく小さく折りたたんだ。まるで隠しておかなくちゃといわんばかりに。それからその詩をつまんだ手を上着のポケットに入れて、そのままにした。

「ミス・ビーバーズ」彼女は声に出していった。だれかが部屋に入ってきたかのように。

また脚を組んでいたベイブは脚をほどいて、立ち上がろうとした。「ええ。お渡ししたかったのはその詩だけです」ベイブが立ち上がると、マティも立ち上がった。ヴィンセントの彼女も立ち上がった。

ベイブが手を差しだすと、ヴィンセントの彼女は礼儀正しく握った。「くるべきではなかったのかもしれません。きた動機も最高で最低だったような……。このところ、本当に変なことばかりしてるんです。自分でも、自分のことがわからなくて。じゃ、これで」

「きてくださって、ありがとう、ベイブ」

そういわれて、ベイブは泣きだした。そして背を向けると、足早に部屋を出て玄関に向かった。マティが後ろからついていく。ヴィンセントの彼女はゆっくりふたりのあとをついていった。玄関から廊下に出て振り返る頃には、ベイブも落ち着いていた。

「タクシーを拾えますかね」ベイブはヴィンセントの彼女にたずねた。「タクシーは走ってますか？　くるときは気がつかなかったんですけど」

「ええ、たぶん。いまの時間ならだいじょうぶよ」

「よかったら、いっしょに、ランチとマチネでもどうです？」

「残念だけど。用事があって――だめなの。『上』のベルを鳴らしてちょうだい、マティ。『下』のベルはこわれてるの」

ベイブはもう一度、彼女の手を握り、「さようなら、ヘレン」といって手を放した。それからエレベーターのドアの前に立っているマティのところに歩いていった。

「これからどうするの？」ヴィンセントの彼女が大声でいった。

「さっきいったじゃありませんか。これから――」

「そうじゃなくて、軍隊からもどってきてどうするのってこと」

「ああ！」ベイブはくしゃみをした。「わかりません。自分にできることなんかないような気がして。いえ、冗談です。何かします。大学院にいって教職につくつもりです。父が教師だったので」

「ねえ、今夜、バルーンダンス〔訳注　大きな風船を使って踊るショー〕をみにいくとか、何か気分転換になることをしたら？」

「バルーンダンスをする女の子の知り合いなんていませんよ。マティ、もう一回ベルを鳴らして」

「ねえ、ベイブ」ヴィンセントの彼女が真面目な顔でいった。「また電話して。お願い。電話帳に載ってるから」

「女友だちなら何人かいます」

「わかってる。でも、ランチをしたり、ショーをみにいったりできるじゃない。あの人がチケットを取ってくれるから。ボブが。夫がね。それか、夕食を食べにきてくれてもいいし」

ベイブは首を振って、自分でエレベーターのベルを鳴らした。

「お願い」

「いや、だいじょうぶです。そんな気を遣ってもらわなくても。まだ、いろんなことに慣れてないだけなんです」

エレベーターボーイが音を立ててドアを開けた。マティが声をはりあげて「さようなら」といった。そしてベイブのあとからエレベーターに乗った。ドアが音を立てて閉まった。


通りにタクシーは走っていなかった。ふたりは西へ、セントラルパークのほうに歩いていった。レキシントン・アヴェニューと五番アヴェニューの間の三ブロックは気だるい正午の雰囲気が漂っている。八月下旬のこのあたり独特の感じだ。太ったマンションの守衛が片手に煙草を持って、パーク・アヴェニューとマディソン・アヴェニューの間の歩道でフォックステリアを散歩させている。

ベイブは思った。あの人は、バルジの戦い〔訳注　一九四四年十二月から翌年一月、ドイツ軍最後の大反撃〕のときも毎日、あの犬を散歩させていたんだろうか。まさか。ありえない。いや、ありえなくはないけど、ありえないだろう。手の中に、マティが手をすべりこませてきて、早口で話し始めた。

「ママが、『ハーヴィー』をみてきたらっていってた。ベイブはフランク・フェイが好きだからって。ウサギに話をする男の人の話なんだって。その人、酔っ払ったり、いろんなことをして、ウサギに話しかけるの。それか、『オクラホマ！』もいいって。ベイブは『オクラホマ！』も気に入るわって、ママがいってた。ロバータ・コクランがみて、すごくよかったって。それで――」

「だれがみたって？」

「ロバータ・コクラン。同じクラスの子。ダンスを習ってるの。ロバータのお父さんは自分のことをジョークがうまいと思ってて、こないだあそこに遊びにいったら、次々にジョークを飛ばしてた。変なお父さんなの」マティは少し口をつぐんでから、また口を開いた。「ベイブ」

「なんだい？」

「うちにもどれてうれしい？」

「うれしいよ」

「痛い！　そんなにきつく握っちゃだめ」

ベイブは手をゆるめた。「なんで、そんなことをきくんだ？」

「どうしてかなあ。そうだ、バスの二階に座りたい。屋根のないやつ」

「そうしよう」

熱くまぶしい太陽の下、ふたりは道路を渡って、五番アヴェニューのセントラルパーク側にいった。バスの停留所で、ベイブは煙草に火をつけて、帽子を脱いだ。帽子箱を持った背の高いブロンドの女の子が、道路の向こう側を早足で歩いている。広い道路のまん中あたりで、青いスーツを着た小柄な少年が、座りこんだ子犬を引っぱって、道路を渡り切らせようとしている。たぶん、犬の名前はシオドアとかウァギーで、少年の名前はレックスとかプリンスとかジムだろう。

「わたし、ちゃんとお箸で食べられるんだよ」マティがいった。「教えてもらったから。ヴェラ・ウィーバーのお父さんに。みせてあげるね」

熱い日差しがベイブの青白い顔に当たっていた。「マティ」ベイブは妹の肩をたたいた。「それはみせてもらわなくちゃ」

「いいよ。みせてあげる」マティは両足をそろえて、縁石から道路まで軽くジャンプして、もどった。それをみてベイブは思った。世界に、こんなに美しいものがあるなんて。

若者たち

The Young Folks

初出　Story
一九四〇年三－四月号

十一時頃、ルシル・ヘンダソンは自分の呼んだ仲間が盛り上がっているのをながめ、にやにやしながらこちらをみているジャック・デルロイは無視して、しかたなくエドナ・フィリップスに目をやった。エドナは八時からずっと大きな赤い椅子に座って、煙草を吸いながら、かん高い声で「ねえ、ねえ」と声をかけて、驚くほど明るい表情の目を向けているが、男の子はまったく興味を示さない。相変わらずのエドナをみると、ルシル・ヘンダソンは着ているドレスが破れそうなくらい深いため息をついて、あるかないかの眉を寄せて、騒々しい若い連中をみまわした。彼女が父親のスコッチを空けさせようと連れてきた仲間だ。それからふいにウィリアム・ジェイムソン・Jrの座っているところに目をやった。ウィリアムは爪をかみながら、ラトガーズ大学の男子学生三人といっしょに床に座っている小柄なブロンドの女の子をながめている。

「ねえったら」ルシル・ヘンダソンはウィリアム・ジェイムソン・Jrの腕を取っていった。

「ちょっと、紹介したい人がいるの」

「だれ?」

「女の子。すっごくかわいいんだから」ジェイムソンは彼女のあとについて部屋を歩きながら、親指の逆むけをかみ切った。

「ねえ、エドナ」ルシル・ヘンダソンが声をかけた。「ウィリアム・ジェイムソンを紹介したいの。ウィリアム――こちら、エドナ・フィリップス。それとも、もうお知り合い？」

「ううん」エドナは返事をすると、ジェイムソンをみて、鼻が大きくて、口は締まりがなくて、肩が細いなと思った。「お会いできて、うれしいわ」

「ああ、ぼくも」ジェイムソンは返事をしながら、部屋のむこうにいるブロンドの小柄な女の子とエドナをくらべていた。

「ウィリアムはジャック・デルロイの親友なの」ルシルがいった。

「あまり親しくないよ」ジェイムソンがいった。

「まあいいじゃない。さ、あたしはいくから、またあとでね、おふたりさん！」

「またね！」エドナがルシルの後ろから声をかけた。それから、「座らない？」とジェイムソンにいった。

「うん、じゃ」ジェイムソンはそういいながら座った。「なんか、今夜はずっと座っててさ」

「知らなかったわ、ジャック・デルロイの親友なんだって？　すごくいい人よね。そう思うでしょ？」

「うん、いいやつだよ。あまりよく知らないけど。彼や彼の仲間とはあまりつきあいがないんだ」

「へえ、そう? ルシルが、そういってたような気がするんだけど」

「うん、そういってた。だけど、よくは知らない。あの、うちに帰らなくちゃいけないんだ。月曜日に提出する課題があって。ほんとは、今週はうちに帰るつもりはなかったんだけどね」

「あ、そう。でも、パーティは始まったばかりよ。これからいよいよ、たけなわでしょ」

「え、これからいよいよ、なに?」

「これからいよいよたけなわでしょ。まだ早いじゃないっていってるの」

「まあね。だけど、今晩はくるつもりなかったんだ。課題があるから。ほんとなんだ。今週はうちに帰らないつもりだったんだ」

「でも、まだ早いでしょって、いってるの」

「うん、わかってる、だけど――」

「その課題ってなに?」

いきなり部屋のむこうで、小柄なブロンドの女の子が異様に甲高い声で笑って、ラトガーズ大学の三人の学生もいっしょに笑った。

「あの、その課題ってなに?」エドナがもう一度きいた。

「ああ。なんていうか。どこかの寺院について書かなくちゃいけないんだ。ヨーロッパにおけるなんとか寺院ってやつ。なんだけどね」

「それで、何をするの」

「なんていうか、それについて、批評みたいなことをするんだ。それを書かなくちゃいけないんだよ」

小柄なブロンドの女の子と、女の子の仲間が、また大笑いした。

「批評？　じゃあ、それ、みたの？」

「え、なにを？」

「その寺院」

「ぼくが？　まさか」

「でも、みないで、批評なんてできるの？」

「ああ。うん。ぼくじゃなくて、ほかの人が書いてるんだ。ぼくはその人が書いたのをもとにして批評する感じ」

「へえ、そう。なんか、難しそう」

「え、なに？」

「難しそうっていったの。わかる。あたしも大変だったもん、そういうの書いたとき」

「ああ」

「それ書いたの、だれ？」

小柄なブロンドの女の子のいるところがどっとわいた。

「え？」ジェイムソンがきいた。

「だれが書いたのかって、きいたの」

「さあ。ジョン・ラスキンかなあ」

「ウソでしょ。それは大変そう」

「え、なに?」

「大変そうっていったの。その課題、難しそう」

「ああ。うん。そうなんだ」

エドナがいった。「ねえ、だれ、みてんの? 今夜、ここにきてる仲間はほとんど知ってるよ」

「え、ぼく? だれも。えっと、飲み物を取りにいってくる」

「よかった! あたしもそうしようと思ってたの」

ふたりは同時に立ち上がった。エドナはジェイムソンより背が高く、ジェイムソンはエドナより背が低かった。

「あのさ」エドナがいった。「テラスに何かあると思う。軽くつまめるものがさ。わかんないけど。でも、いってみようか。新鮮な空気も吸えるし」

「うん」

ふたりはテラスにいくことにした。エドナは少しかがんで、八時からすわっていて膝に落ちた煙草の灰を払う振りをしたが、実際には灰は落ちていない。ジェイムソンは彼女のあとをついていきながら、後ろを振り返ったり、左手の人差し指をかんだりしている。

本を読んだり、縫い物をしたり、クロスワードパズルをするには、ヘンダソン家のテラスは暗すぎる。エドナは網戸からテラスに飛び出した。とたんに、左側の暗がりから押し殺した声がきこえてきた。しかしかまわず、まっすぐテラスの前のほうにいって、白い手すりの上に思い切り、身を乗り出し、思い切り深く息を吸った。それから振り向いて、ジェイムソンをさがした。

「だれかがしゃべってるね」ジェイムソンがやってきていった。

「しーっ……素敵な夜じゃない？　深呼吸してみて」

「うん。えっと、どこだっけ。スコッチは」

「ちょっと待ってよ。ほら、深呼吸して。一度でいいから」

「ああ、したよ。たぶん、あそこかな」ジェイムソンはエドナを置いて、テーブルのほうにいった。エドナは首を曲げて、それをみていた。ほぼ影の動きで、ジェイムソンがあれこれ持ち上げてはテーブルにおろすのがわかった。

「何も残ってない！」ジェイムソンが声をかけた。

「しーっ。大声出さないで。ちょっとこっちにきて」

ジェイムソンがもどってきた。

「なんだい？」

「ちょっと、あの空をみてよ」

「あー。だれかがあそこでしゃべってる。きこえない？」

「きこえるけど。ばかね」

「なにが？　ばかって？」

「ほっといてほしい人もいるのよ」

「あ、そうか。なるほどね」

「また、そんな大声出して。あなただって、ああいうところを邪魔されたらいやでしょ?」

「ああ。まあ」

「あたしだったら、殴り倒したくなると思う。そう思わない?」

「どうかな。うん。まあ、そうかも」

「ところで、週末、うちにいるときはだいたい何してる?」

「ぼく?　何してるかなあ」

「若者らしくはげんでる?」

「どういうこと?」

「わかってるくせに。追っかけ回してるんじゃない?　男子学生らしく」

「いやあ。どうかな。それほどじゃないよ」

「あのね」エドナがいきなり話題を変えた。「あなたをみてると、去年の夏、付き合ってた男の子を思い出すの。あなたの顔や格好をみるとね。バリーの体型って、あなたそっくりなの。わかるでしょ。すっごくやせてるの」

「へえ?」

「で、彼、アーティストなの。やだ!」

「どうかした?」

「ううん。ただ、ひとつだけ忘れられないことがあるの。彼があたしの肖像を描きたがったときのこと。彼ったらいつも、こういってたの――むちゃくちゃ真剣にね――『エドナ、きみは一般的な基準からすると、美人じゃない。だけどきみの顔には何かがあって、それをつかまえたいんだ』って。むちゃくちゃ真剣にそういうの。だから、一回だけ、モデルになったことがあるの」

「そうなんだ」ジェイムソンがいった。「あのさ、なかにもどって、何か持ってくるよ――」

「だめ。煙草吸ってようよ。ここ、素敵じゃない？　愛をささやく声もきこえるし、ほかにも、ね？」

「煙草、持ってきてないんだ。あっちの部屋に置いてあると思う」

「いいの、気にしないで。ここに何本かあるから」エドナはパーティバッグを開けて、ラインストーンをちりばめた小型の黒いシガレットケースを取り出して開けると、三本のうちの一本を差しだした。ジェイムソンはそれを受け取ると、ほんとうに帰らなくちゃいけないんだ、月曜に出す課題があるっていったよね、といった。それから、なんとかマッチをみつけると、火をつけた。

「まあ」エドナは煙草をふかしながらいった。「もうすぐパーティは終わるから。ところで、ドリス・レゲットに気がついた？」

「どの子？」

「めちゃ背の低い子。派手なブロンドで。ピート・イルスナーと付き合ってた子。みてるはずよ。いつも床に座って、きゃーきゃー笑ってる」

「あの子？　知ってるの？」ジェイムソンがきいた。

「ま、なんとなく。そんなに仲良くないけど、だいたいは、ピート・イルスナーからきいて知ってるって感じ」

「それって、だれ？」

「ピート・イルスナー？　知らないの？　それもすごいわね。しばらく、ドリス・レゲットと付き合ってた男の子。いわせてもらえば、ドリスの仕打ちはひどかったわ。それもかなり、ね」

「どんなことをしたの？」

「ま、その話はやめましょ。あのね、あたし、よく知らないことをあれこれいうのきらいなの。だから、やめましょ。ただ、ピートはあたしに嘘はいわないと思う、ってこと」

「あの子、悪くないと思うんだけどな」ジェイムソンがいった。「ドリス・リゲットだっけ？」

「レゲット」エドナがいった。「ドリスは男の子には魅力的な女の子だと思う。まあね。でも、あたしは昔のほうが好きだったかも――彼女の格好ってことね――髪の色を変えたりするまえは好きだった。脱色すると――あたしだけかもしれないけど――なんか人工的にみえるじゃない、明るいところでみると。まあね。あたしが勘違いしてるのかも。みんな、脱色するの好きだし。ほんとにね！　あたしが少しでもあんなことしてうちに帰ったら、パパに殺されちゃうわ。パパのことは知らないと思うけど、めちゃくちゃ古いの。正直いって、あたしはあたしで、あんなことする気はちっともないけどね、髪の毛なんて。でも、ほら、だれだってときには、むちゃくちゃしてみたくなることがあるじゃない。ほんとうにね！　パパだけじゃない！　バリーにだって殺されちゃうわ、髪の毛、脱色したりしたら！」

「だれに？」

「バリー。さっき、話したでしょ」

「今晩、ここにきてる？」

「バリー？　まさかでしょ！　こういうところにきたらバリーがどんな顔するか、想像がつくわ。あなたはバリーを知らないでしょ」

「大学生？」

「バリー？　もう卒業したわ。プリンストン大。三四年卒のはず。うろ覚えだけど。去年の夏以来、会ってないわ。っていうか、話してない。パーティやなんかではね。あっちはみてくるけど、あたしは目を合わせないようにしてるの。まずいときはトイレに駆けこんだりして」

「きみは彼のこと、好きなんじゃないの？」

「うーん、まえはね。ある時点までは、っていうか」

「それ、どういうこと？」

「忘れて。その話はしたくないの。彼はわたしに求めすぎたの。それだけ」

「そうなんだ」

「あたし、べつに気取ってるわけじゃないのよ。っていうか、たぶんそう。あたしにはあたしの基準ってものがあって、ちょっと変かもしれないけど、それに従って生きていこうとしてるわけ。できるだけ、ね」

「あ」ジェイムソンがいった。「この手すり、ちょっとぐらぐらしてる」

「そりゃ、あたしだって、夏中ずっと女の子とデートしたあとの男の子の気持ちくらいわかるわ。芝居だのクラブだので、さんざん大金使わされるんだもん。そう、わかってるの。男の子は、少しは感謝しろよ、と思ってるわけでしょ。でもね、あたしはちがうの。そんなふうにできてない。あたしは、本物でなくちゃ、いやなの。そんなことよりまえにね。つまり、愛がなくちゃだめなの」

「そうなんだ。あ、えっと。もう帰らなくちゃ。月曜日に出す課題があるんだ。まいったな、何時間もまえに帰ってなくちゃいけなかったのに。だから、なかにもどって、一杯飲んで、帰るよ」

「そうね」エドナがいった。「もどったら?」

「いっしょにこない?」

「すぐにいくから、先にいって」

「あ、そう。じゃ、また」

　エドナは手すりの前で向きを変えると、シガレットケースに残った一本に火をつけた。部屋のなかでは、だれかがラジオをつけたか、ボリュームをいきなり上げたかしたらしい。女性ヴォーカルがハスキーな声で新しい番組の主題歌のリフレインを歌っている。デリバリーの男の子までが口笛で吹いている曲だ。

　網戸が閉まる音は特別よく響く。

「エドナ！」ルシル・ヘンダソンが声をかける。

「はいはいはい」エドナがそれにこたえる。「あら、ハリー」

「やあやあ」

「ウィリアムはなかよ」ルシルがいう。「ハリー、飲み物を持ってきてくれない？」

「いいよ」

「どうしたのよ？」ルシルがたずねる。「ウィリアムとはもう終わり？　あそこにいるのは、フランシスとエディかしら？」

「知らないわよ。ウィリアムは帰らなくちゃいけないんだって。月曜日に出す課題がいっぱいあるって」

「ウィリアムはあそこで床に座って、ドッティ・レゲットといっしょよ。デルロイがレゲットの背中にピーナッツ入れてる。あそこにいるの、フランシスとエディよね」

「あのちびのウィリアム、なかなかやるわね」

「そう？　なんで？　どういうこと？」ルシルがいった。

　エドナは魚みたいな口をして、煙草の灰を指でたたいて落とした。

「ちょっと、気が多いっていうか、ちがう？」

「ウィリアム・ジェイムソン？」

「そう」エドナがいった。「べつに何かされたわけじゃないけど、あの人は近づけないでくれる?」

「わかった。いろいろあるのね、勉強になるわ」ルシル・ヘンダソンがいう。「あの、ハリーのばかはどこにいったのかしら? じゃ、またね、エドナ」

エドナは煙草を吸い終えると、なかにもどった。そして足早に歩いて、まっすぐ階段を上った。そこはルシル・ヘンダソンの母親の家における、若者——火のついた煙草や、ぬれたハイボールのグラスを持った連中——の立ち入り禁止区域だ。エドナは二階に二十分ほどいた。それから下におりて、リビングにいった。ウィリアム・ジェイムソン・Jrがグラスを右手に、左手の指を舌か唇に当てて、小柄なブロンドの女の子から二、三人離れたところに座っている。エドナは大きな赤い椅子にすわった。この椅子には、だれも座ろうとしなかったらしい。エドナはパーティバッグを開けて、ラインストーンをちりばめた黒い小型のシガレットケースを出して、十数本のなかから一本抜き出した。

「ねえ!」エドナは煙草の先で、大きな赤い椅子の肘掛けを軽くたたきながら声をかけた。「ねえ、ルシル! ボビー! ラジオ、もう少しましなのはやってないの? こんな曲で踊れるわけないでしょ?」

ロイス・タゲットのロングデビュー

The Long Debut of Lois Taggett

初出　Story　一九四二年九－一〇月号

ロイス・タゲットはミス・ハズコム校を卒業した。五十八人のクラス中二十六番目の成績だった。そして秋になると、両親は、娘もそろそろ自分たちが社会、あるいは社交界と呼んでいるものに顔を出す、いや、飛びこむときだと考えた。そして娘のために、大散財をして、なんとピエールホテル〔訳注　マンハッタンの高級ホテル〕でパーティを催した。ひどい風邪をひいた数人と、「○○が最近、具合が悪くて」と断った人をのぞけば、めぼしい人々はほとんどが出席した。ロイスは白のドレスに、蘭のコサージュをあしらい、とても愛らしい、そしてぎこちない微笑みを浮かべていた。年のいった紳士たちは「さすが、タゲット家の娘だ」といい、中年の女性たちは「あら、かわいい子ね」、若い女の子たちは「あら、ロイスったら、いい感じじゃない。あの髪型、どうやったのかしら」といい、若い男の子たちは「お酒はどこ？」といった。

そして冬、ロイスはおしゃれな服を着てマンハッタンを歩き回るようになった。相手をするのは写真写りのいい若者たちで、それもストーク・クラブ〔訳注　当時の高級クラブ〕の特等席でスコッチのハイボールを飲むような連中だった。ロイスはいい線をいっていた。スタイルはいいし、服は高級品で趣味がいいし、知的だと思われていた。ちょうど、知的であることが評価され始めた時代だった。

春、おじのロジャーがロイスに、いくつか持っている会社のひとつで受付嬢として働いてみないかと声をかけた。ちょうどその頃、女の子が「何かする」のが流行し始めた。サリー・ウォーカーは夜、アルバーティ・クラブで歌っていたし、フィル・マーサーは服か何かのデザインの仕事をしていた。アリー・タンブルストンは映画のオーディションを受けていた。だからロイスも、おじのロジャーが経営するダウンタウンの会社の受付をすることにした。勤め始めて十一日目――そのうち三日は午前中のみ――いきなり、エリー・ポッズとヴェラ・ギャリショーとクッキー・ベンソンがクルージングでリオへいくことを知った。木曜日の夕方のことだ。だれもが、リオは信じられないくらい楽しいといっていた。次の日の朝、ロイスは会社にいかなかった。床に座って足の指の爪を赤く塗りながら、ロジャーおじさんのダウンタウンの会社にくる男の人って、ほとんどばかばかりよねと考えていたのだ。

ロイスはエリーたちとリオにいって、もどってきたときはもう秋の初めだった。まだ独身のままで、三キロほど太って、エリー・ポッズとは口をきかない仲になっていた。その年の残りは、コロンビア大学に聴講生として通った。聴講していた科目のうち三つは、オランダ・フランドル美術、近代小説の技法、日常スペイン語だった。

また春になり、ストーク・クラブにエアコンが入った頃、ロイスは恋に落ちた。相手は背の高い宣伝係で、名前はビル・テダートン。低いしゃがれ声が特徴だった。両親が感心するような男ではなかったが、ロイスは家に連れていきたいと思った。そしてビルに夢中になった。一方、ビルはカンザスシティを出て以来、かなりの経験を積んでいたので、ロイスの目をみつめて、タゲット家代々の金庫に続くドアをみつけた。

ロイスはビルと結婚し、両親はたいして何もいわなかった。娘が名家のしっかりした青年を選ばず、氷屋を選んだからといって騒ぎ立てるような時代ではなかったのだ。もちろん、だれもが、宣伝係などというのは氷屋と似たようなものだということは知っていた。なんの違いもない。

ロイスとビルはサットン・プレイスのマンションを借りた。部屋が三つに小さいキッチンがついていて、クローゼットはロイスの服と、肩幅の広いビルのスーツを入れるのに十分な大きさだった。

ロイスは友だちから、幸せ？　ときかれると、「めちゃくちゃ幸せよ」と答えたが、本当に、めちゃくちゃ幸せなのかどうか、自信はなかった。ビルはとてもいいネクタイを持っていて、ぜいたくなブロード地のシャツを着て、電話で人と話すときは感じがよく堂々としていたし、ズボンをハンガーにつるすところがなんとも魅力的だった。それにとても――何かにつけて――やさしかった。ただ……。

ところが、突然、ロイスは自分がめちゃくちゃ幸せなことを確信することになった。というのは、結婚して間もないある日のこと、ビルがロイスに夢中になったからだ。その日の朝、ビルは仕事にでかけようと起き上がって、ふと隣のベッドをみたとき、それまでとまったく違うロイスをみた。枕に押しつけた顔はむくんで、まさに寝顔そのもので、唇は乾いていた。それまでで最低の顔といってもいい。ところが、その顔をみた瞬間、ビルは彼女に夢中になった。起きがけの顔をみせても平気な女は初めてだったのだ。ビルはロイスの顔を長いことみつめていた。エレベーターで下りるときもその寝顔を考え、地下鉄でも、いつかの夜、ロイスのしたばかばかしい質問を思いだして、地下鉄の車両のなかで大声をあげて笑った。

その晩、ビルがうちに帰ると、ロイスは肘掛け椅子に、赤いミュールをはいたまま横座りをしていた。爪をみがきながら、ラジオから流れてくるサンチョのルンバをきいている。ビルは彼女をみて、生まれて初めての幸せをかみしめた。飛び上がりたい気分だった。歯を食いしめ、正気とは思えないほどの甲高い幸福の叫びを上げたい気分だった。しかし、それはできなかった。説明のしようがないからだ。まさかロイスにこんなことをいうわけにはいかない。「ロイス、初めて、きみを心からいとしいと思った。いままでは、きみのことをかわいい小娘くらいにしか考えてなかった。結婚したのは金のためだ。だが、もう金なんてどうでもいい。きみこそすべてだ。最高の女性だ。妻だ。かわいくてたまらない。ああ、なんて幸せなんだ」もちろん、こんなことをいうわけにはいかない。ビルはいつもとまったく同じように彼女の座っているところまで歩いていった。それから身をかがめてキスをすると、そっと立ち上がらせた。

「ビル！　どうしたの？」するとビルはロイスを抱いて、ルンバを踊りながら部屋中を回った。

ビルの発見から十五日間、ロイスはサックスの手袋売り場で買い物をするときも「ビギン・ザ・ビギン」〔訳注　当時、流行していた歌で、現在ではジャズのスタンダード・ナンバー〕を口笛で吹いていた。友だちとも仲良くなった。五番アヴェニューのバスの車掌にも笑顔を向け、小銭がなくて一ドル札を出すときは申し訳なく思った。動物園にもいくようになった。毎日、母親に電話をかけた。ママったら、ほんとにやさしいのね。パパは働き過ぎだと思うの。ふたりで休暇を取ったらいいのに。せめて、金曜の夜、夕食にきてちょうだい。いいから、だめなんていっちゃだめ。

ビルがロイスを心の底から好きになって十六日目、とんでもないことが起こった。十六日目の夜、ビルは肘掛け椅子に座り、その膝にロイスが乗って、ビルの肩に頬を預けていた。ラジオからはチック・ウェスト・オーケストラの甘い曲が大きく響いている。チックが、あの素敵な曲「煙が目にしみる」のリフレインを、弱音器をつけたトランペットで吹いているところだ。

「ねえ、あなた」ロイスがささやいた。

「なんだい」ビルがやさしく返事をした。

ふたりは抱き合っていたが、少し体を離した。ロイスはまたビルのたくましい肩に頬を当てた。ビルは灰皿から煙草を取りあげた。ところが吸おうとはせず、鉛筆のように持って、ロイスの手の甲につくかつかないところで小さな輪を描いた。

「やめて」ロイスが、笑いながらいった。「熱っ、熱っ」

ところがビルはそれがきこえなかったかのように、しつこく、そのくせ漫然と、同じことを繰り返した。ロイスはぎょっとして悲鳴を上げ、ビルの膝から飛び下りると、部屋から飛び出した。

ビルはバスルームのドアをたたいたが、ロイスは鍵をかけていた。

「ロイス、ロイス、ごめん。すまなかった。自分が何をしてるかわかってなかったんだ。ロイス、ドアを開けてくれ」
　なかではロイスがバスタブの縁に腰かけて、洗濯物を入れるかごをみつめていた。右手で左手を押さえているところは、まるで押さえれば痛みが止まるか、さっきのことがなかったことになるとでもいわんばかりだ。

　ドアのむこうでは、ビルが口のなかをからからにして話しかけている。

「ロイス、ロイス、頼む。嘘じゃない、何をしてるかわかってなかったんだ。ロイス、頼むからドアを開けてくれ。頼む、お願いだ」

　そのうちロイスはビルの腕のなかにもどった。

　ところが同じことが、一週間後、また起こった。ただ、そのときは煙草ではなかった。ビルは、日曜の朝、ロイスにゴルフのクラブの振り方を教えていた。ロイスがそんな気になったのは、ビルがゴルフの名手だときいたからだ。ふたりともパジャマを着て、裸足だった。そしてとても楽しくやっていた。くすくす笑ったり、キスをしたかと思うと、吹き出したり。二度、笑いすぎてしゃがみこんだほどだ。

　ところが突然、ビルが2番ウッドのヘッドをロイスの足めがけて振りおろした。ねらいが少しずれたのは幸いだった。ビルは容赦なくクラブを振りおろしたのだ。

　これですべてが終わった。ロイスは実家のマンションの寝室にもどった。母親は、新しい家具とカーテンを買ってやり、ロイスが元通り歩けるようになるとすぐ、父親は千ドルの小切手を与えた。「服でも買ってきなさい。遠慮することはない」ロイスはサックスにいき、ボンウイット・テラーにいって、千ドルを使い切った。こうして、着る服がたくさんできた。

その冬、ニューヨークではあまり雪が降らなかったので、セントラルパークもいまひとつさえなかった。そのくせとても寒かった。ある日の朝、ロイスは五番アヴェニュー側の窓から外をみて、だれかがフォックステリアを散歩させているのをみて、「犬を飼いたい」と思った。その日の午後、ペットショップにいって生後三ヶ月のスコティッシュ・テリアを買った。そして赤い首輪をつけて、それにリードをつなげ、クンクン鳴く犬をつれて車でうちにもどった。「かわいいでしょ」と、ドアマンのフレッドにいった。フレッドは犬をなでて、こいつはかわいいや、といった。ロイスは「ガス、この人はフレッドよ。フレッド、この子はガスっていうの」といって、犬を引っぱってエレベーターに乗せた。「さあ、いらっしゃい。そうそう。かわいい子ね。ほんと、かわいいわ。かわいい子ちゃんね」ガスはエレベーターのまん中でぶるっと体を震わすと、おしっこをした。

数日後、ロイスは子犬を手放すことにした。どうしてもトイレのしつけができず、両親に、ニューヨークで犬を飼うのは残酷だといわれたからだ。

子犬を手放した日の夜、ロイスは両親に、離婚の手続きを春まで待つのはばからしいから、さっさとすましてしまいたいといった。こうして一月の初め、ロイスは飛行機でネヴァダ州のリノ〔訳注 離婚裁判所で有名〕へ飛行機でいった。そしてリノ郊外の観光牧場に宿泊して、知り合いができた。シカゴからきたベティ・ウォーカーと、ロチェスターからきたシルヴィア・ハガティだ。ベティ・ウォーカーは洞察力がゴムのナイフ並みで、男に関してロイスにひとつふたつアドバイスをした。シルヴィア・ハガティはおとなしい、小柄で太ったブルネットで、口数は少なかったが、ロイスの知っているどんな女の子よりもスコッチのハイボールをよく飲んだ。離婚の手続きがすべておわると、ベティ・ウォーカーがリノのバークレイでパーティを開いた。牧場の男の子たちも呼ばれていて、そのなかのひとりレッドはハンサムで、しきりにロイスに言い寄った。といっても決していやな感じではなかった。「近寄らないで！」いきなりロイスがレッドに叫んだ。だれもが、座をしらけさせるいやな女だと思った。しかし、ロイスは、背の高いハンサムな男が怖かったのだ。

もちろん、ロイスはビルとまた顔を合わせることになった。リノからもどって二ヶ月後のこと、ストーク・クラブでテーブルについているとビルがやってきて座った。

「やあ、ロイス」

「こんにちは、ビル。そこに座らないでほしいんだけど」

「精神分析医のところに通ってたんだ。先生には、きっとよくなるといわれた」

「よかったわね。ビル、人を待っているの。ここにいてほしくないんだけど」

「いつか、ランチでもどうかな？」

「ビル、ふたりがきたわ。いってちょうだい」

ビルは立ち上がった。「電話してもいいかい」

「悪いけど」

ビルはいなくなり、ミディ・ウィーヴァーとリズ・ワトソンがやってきて座った。ロイスはスコッチのハイボールを頼んで飲んだ。それから似たようなものを四杯飲んだ。ストーク・クラブを出るときにはかなり酔っていた。そして歩いて、歩いて、歩いた。そのうち動物園のシマウマの檻の前のベンチに座り、なんとか酔いがさめて、膝の震えが止まると、家にもどった。うちには両親がいて、ラジオからはニュースの解説が流れていて、几帳面なメイドがいつも左側にやってきて冷えたトマトジュースの入った小さなグラスを前に置いてくれる。

夕食のあと、ロイスが電話を終えてもどってくると、母親が本から目を上げてたずねた。

「だれから？　カール・カーフマン？」

「ええ、そう」ロイスが椅子に座りながらいった。「ほんと、ばかなのよね、あの人」

「そんなことないでしょう」

カール・カーフマンは足首の太い、小柄な若者で、いつも白のソックスをはいているのは色のソックスをはくと足がかゆくなるからららしい。カールはいろんなことに詳しかった。だれかが土曜日に車でスポーツ観戦にいくというと、どのルートでいくかをきき、「さあ、26号線かな」という返事が返ってくると、カールは、いや、7号線をいったほうがいいといって、ノートと鉛筆を取り出し、細かい地図を書いて渡す。そして、どうもていねいにありがとうと礼をいわれると、軽くうなずいて、何があっても、標識にどう書いてあっても、クリーヴランド有料道路で曲がらないようにと念を押す。カールがノートと鉛筆をしまうと、相手はちょっと申し訳ないような気持ちになるのだった。

ロイスがリノからもどってきて数ヶ月後、カールは彼女に求婚したのだが、自信のなさそうな口ぶりだった。ふたりはウォルドーフホテルで行われたチャリティの舞踊会から帰ってきたところだった。乗っていたセダンのバッテリーが上がってしまい、カールはやっきになってなんとかしようとした。それをみてロイスはいった。「カール、ちょっと落ち着いたら？ 煙草でも吸って」ふたりは車のなかで煙草を吸った。そのとき、カールがロイスにおずおずときいた。

「ロイス、きみはぼくなんかと結婚する気はないよね」

ロイスはカールが煙草を吸うのをみて、煙を吸っていないのに気づいていた。

「まあ、カールったら。やさしいのね」

ロイスは前々から、いずれこの質問が飛んでくるだろうと思っていたのだが、まだ答えを考えついていなかった。

「ロイス、きみを幸せにできるなら、なんでもしようと想っているんだ。ほんとに、なんでもね」

カールは座席の上で体を動かした。ロイスは彼が白のソックスをはいているのをみた。

「そんなふうにいってくれるなんて、やさしいわね。でも、まだしばらくは結婚のことを考えたくないの」

「そうだよね」カールがとっさに応じた。

「ねえ、五十番ストリートと三番アヴェニューの角に修理工場があるから、そこまでいっしょに歩いていきましょう」

次の週のある日、ロイスはミディ・ウィーヴァーとストーク・クラブでランチを食べていた。ミディ・ウィーヴァーはうなずいて、煙草の灰を落としながら、話し相手になっていた。ロイスは、こういった。最初、カールってばかなんだと思ったわけ、まあ、ほんとうにばかってわけじゃないんだけど、ミディ、わかるよね。ミディはうなずいて煙草の灰を落とした。でも、あの人、ばかじゃないの。繊細で恥ずかしがり屋なだけ。とてもやさしいし。それにすごく頭がいいのよ。ねえ、ミディ、事実上、カーフマン家の会社を経営してるのは彼だって知ってた？　そうなのよ。そう、彼が経営してるようなものなの。それに、ダンスもすごく上手なのよ。それから、髪の毛も素敵。油でなでつけないと、巻き毛になっちゃうの。ほんとにうっとりしちゃう。それから、あの人、太ってるわけじゃないの。筋肉質なのよ。それに、とってもやさしいの。

ミディ・ウィーヴァーがいった。「あのね、そうそう、あたしもカールのことは好きよ。すごくいい人だと思うわ」

ロイスは家まで帰るタクシーのなかで、ミディ・ウィーヴァーのことを考えた。ミディってすごい。尊敬しちゃう。知的なんだもん。ほんとうに知的な人って、ほんとうに少ないのよね。ミディは完璧。あの人、ボブ・ウォーカーと結婚するといいな。ううん、彼にはもったいないかも。彼って、いまいちだもん。

春、カールとロイスは結婚した。そして一ヶ月とたたないうちに、カールは白のソックスをはくのをやめた。タキシードに立ち襟をつけるのもやめた。マナスクワンにいくときは海岸沿いの道路はやめたほうがいいというのもやめた。海岸沿いの道路を走りたければ、走ればいいじゃないの、とロイスにいわれたからだ。ほかにも、ロイスから、いろいろいわれた。バド・マスターソンにはもうお金を貸しちゃだめ、ダンスのときはステップをもう少し大きくしてちょうだい、みればわかるけど、背が低くて太った男の人ってステップが小さいのよ、それからそのべたべたするものを髪につけるのはやめて、やめないと怒るから。

結婚してまだ三ヶ月もたっていないとき、ロイスは映画館に通い始めた。それも朝の十一時だ。ロイスは特別席に座って煙草を立て続けに吸った。住み心地の悪いマンションにいるよりましだったからだ。母親に会いにいくよりはましだった。その頃、母親の口癖は「あなた、やせすぎよ」。映画をみるのは、女友だちと話すよりましだった。実際、外に出れば、知っている仲間に会ってしまう。その仲間ときたら、みんな話がおもしろくない。

そんなわけで、ロイスは午前十一時、映画館にいくようになった。そして一本見終わるとトイレにいって、髪を櫛でとかして、メークを直す。それから鏡をみて、「さあ、これから何をしようかしら」と考える。

ほかの映画をみにいくこともある。ショッピングにいくこともあるが、この頃は、買いたい物がないことが多い。クッキー・ベンソンに会うこともある。考えてみると、仲間で知的な人物、ほんとうの意味で知的な人物はクッキーしかいない。その点、クッキーは素晴らしい。素晴らしいユーモアのセンスがある。クッキーとならストーク・クラブで何時間も座って、きわどいジョークを飛ばしたり、友だちの悪口をいっていられる。

クッキーは完璧。いままでなぜ好きにならなかったのか、不思議なくらい。あんなに素敵で、知的な人なのに。

カールはしょっちゅう、足のことでぼやいている。ある晩、くつろいで椅子に座っていたとき、靴を脱いで、黒のソックスを脱ぐと、しげしげと足をみつめた。ロイスがこっちをみているのがわかった。

「かゆいんだよ」カールは笑いながらロイスにいった。「色のソックスはだめなんだ」

「気のせいよ」

「父もそうだったんだよ。湿疹の一種だと、医者はいってた」

ロイスは軽い口調でいった。「難病みたいにいわないでよ」

カールは笑った。「まさか」といいながら、まだ笑っている。「難病だなんて思ってないよ」

そういって灰皿から煙草を取りあげた。

「それから」ロイスは無理して微笑みながらいった。「煙草はちゃんと吸ったら？　煙を吸わなくちゃ、煙草なんておいしくないでしょ？」

カールはまた笑って、煙草の先をみた。まるで煙を吸いこまない理由がここにあるかもしれないといわんばかりだ。

「どうかな」カールは笑いながら答えた。「ただ吸いこむ気にならないんだよ」

ロイスは妊娠したことがわかると、あまり映画にいかなくなった。母親とシュラフト・レストランでよくランチをするようになった。野菜サラダを食べながら、マタニティドレスのことを話した。バスに乗ると、男性が立って席をゆずってくれる。エレベーター嬢はおさえた声で新たな敬意をこめて話しかける。ロイスはベビーカーが通りかかると気になって、フードのなかをのぞくようになった。

カールはいつもぐっすり眠るので、ロイスが寝ているときに泣くのには気がつかなかった。赤ん坊が生まれると、みんなから、かわいい、かわいいといわれた。太った小柄な男の子で、耳は小さく、金髪で、べたべた甘える赤ん坊が好きな人なら、べたべた甘やかしたくなるような子だった。ロイスはその子が大好きだった。カールもその子が大好きだった。ふたりの両親もその子が大好きだった。つまり、理想的な赤ん坊だった。数週間たった頃、ロイスはトマス・タゲット・カーフマンにいくらキスをしてもし足りなかったし、小さなお尻をいくらぺたぺたたたいてもたたき足りなかったし、いくら話しても話したりなかった。

「さあ、だれかさんがお風呂に入るのね。ママの知ってるだれかさんが、気持ちのいい、きれいなお湯につかるのね。バーサ、お湯加減はいい？」

「さあ、だれかさんがお風呂に入るのね。バーサ、お湯が熱いわ。まあいいけど、バーサ。お湯が熱いわ」

あるとき、トマスの入浴に間に合う時間にカールが帰宅したことがあった。ロイスは、自動湯沸かし器のついたバスタブから手を出して、ぬれた手でカールのほうを指さした。

「トミー。あれはだれでしょう？　あの大きな男の人はだれ？　トマス、だれかわかるかな？」

「わかるはずないよ」カールはそういったが、内心、期待していた。

「パパよ。あなたのパパよ、トミー」

「わかるはずないって」

「トミー。トミー、ママの指の先をみて。パパよ。あの大きな人をみて。パパをみて」

その年の秋、ロイスは父親からミンクのコートをプレゼントでもらった。七十四番ストリートや五番アヴェニューのあたりに住んでいた人なら、木曜日になるとよく、ミンクのコートを着て、大きな黒のベビーカーを押してセントラルパークにいくロイスの姿を目にしたはずだ。

やがて、ロイスはほんとうの意味で社会にデビューした。そして、だれもがそれに気づいたようだった。肉屋はロイスがくると、最上の肉を出すようになった。タクシーの運転手は自分の子どもの百日咳のことを話すようになった。メイドのバーサはたきをかけてすませるのはやめて、ちゃんと拭き掃除をするようになった。クッキー・ベンソンは、悲しいことがあって泣きだすと、ストーク・クラブから電話をしてくるようになった。女性たちも、ロイスの服ではなく顔をみるようになった。劇場のボックス席の男性たちは、女の子を物色して客席をながめるとき、ついロイスに目が止まるようになった。それも、オペラグラスを目に当てる仕草がかわいいというのが、その理由だった。

デビューの半年前、幼いトマス・タゲット・カーフマンが寝返りを打った拍子に、毛羽だったウールの毛布で窒息して死んだ。

ロイスが愛さなかった男は、ある晩、椅子に座って、絨毯の模様をみつめていた。ロイスは三十分ほど突っ立って窓の外をながめていた寝室から出てきたところだった。ロイスはカールのむかいの椅子に座った。目の前の男がそれまで以上に愚かで、ばかにみえた。しかしいわなくてはならないことがある。ふいにその言葉が口をついて出た。

「白のソックスをはいて。ね」ロイスはやさしくいった。「白のソックスをはいてちょうだい」

ハプワース16、１９２４年

Hapworth 16, 1924

本作は「バナナフィッシュにうってつけの日」(『ナイン・ストーリーズ』収録)で自殺するシーモア・グラースが七歳のとき(一九二四年)、キャンプ地ハプワースでの十六日目に家族へ宛てて書いた手紙、という形をとっている。グラース家の父レスと母ベシーは共に元舞台芸人で、クイズ番組に出演し天才児として名を馳せた五男二女の子どもたちがいる。一番上の兄シーモアと、一番下の妹フラニーは十八歳の年齢差があり、シーモア七歳の本作の時点では、フラニーと、すぐ上の五男ズーイは生まれていない。本作冒頭でシーモアの手紙を紹介する二男バディは作家で、「大工よ、屋根の梁を高く上げよ」でシーモアが自身の結婚式に現れなかった日の顚末を描き、「シーモア―序章―」では、シーモアが亡くなったあとに、その精神世界を繊細に辿っていくことになる。

編集部

初出　The New Yorker　一九六五年六月十九日号

まえもって、できるだけ簡単に明瞭にいっておく。まず、ぼくの名前はバディ・グラース。生まれてからかなり長い間——ほぼ四十六年間——ずっと、自分がきちんと配線された照明器具のような気がしていた。ときどき電気を入れられ、ぼくが照らすのは、死んでしまった長兄、シーモア・グラースの短く、網の目のように広がった生涯と時間。シーモアは自殺、つまり生を中断することを選んだ。一九四八年。三十一歳だった。

ぼくはこれから、この紙にシーモアの手紙をタイプしようと思う。四時間まえ、初めて読んだ手紙だ。母、ベシー・グラースが書留で送ってきた。

今日は金曜日。水曜日の夜、電話で、ぼくは母にこういった。何ヶ月かかけて、中編小説を書いているんだ、パーティの話、それも重要なパーティの話で、ほら母さんとシーモアと父さんとぼくで一九二六年のある日の晩にいったやつ。この事実とこの手紙には、ささやかだが、かなりすごい関連があると思う。「すごい」という言葉は、ちょっとちがうかもしれないが、そういっていいはずだ。

前書きはここまで。繰り返しになるが、この手紙をタイプすることにしよう。言葉も句読点もそのままに。じゃ、始めよう。

一九六五年五月二十八日

サイモン・ハプワース・キャンプで
ハプワース湖
メイン州ハプワース
ハプワース16、1924年
というか、神々の膝の上で、神々の意のままに!!

ベシー、レス、ベアトリス、ウォルター、ウェイカーへ
〔訳注　ベシーは母親、レスは父親、ベアトリス「ブーブー」は長女、双子のウォルターとウェイカーは三男と四男、本人シーモアは長男である。これを書いているシーモアは二男のバディとキャンプに参加している〕

これからふたり分の手紙を書くね。バディはどこかにいっていて、いつもどるかわからないから。一日の六十パーセントから八十パーセントの間――ぼくにとってはとてもうれしくて、とても悲しいことだけど――最高にすごくて、捉えどころがなくて、おもしろいバディはどこかにいってるんだ！　家族のみんなはよくわかってると思うんだけど、ぼくもバディもみんなに会いたくてしょうがない。もうむちゃくちゃ会いたいんだ。だけど、残念なことに、みんな

はそんなふうには絶対思ってないよね。これは、ぼくにとってはちょっと愉快な絶望だ。いや、あまり愉快じゃない。気をつかって何かをしてあげて、相手の感謝を期待してしまうというのは、限りなくうんざりすることだから。ぼくはこう考えている。Aさんが道をのんびり歩いていて帽子を風に吹き飛ばされたら、Bさんは喜んで帽子を拾って持っていってあげて、Aさんの顔をみることもなく、お礼の言葉なんかいりませんよというふうに振る舞うべきだ！　ああ、ぼくもそんなふうに、素敵な家族に会えなくてさびしい思いをしているけど、みんなはそうでもないということを気にしないでいられればいいのに！　それには毅然とした性格が必要なんだけど、ぼくにはそれが欠けている。ああ、だけど、その一方で、ひとつ間違いのない事実がある。それは、みんなのことはちょっと思い浮かべるだけで、するっと心に忍びこんできて離れなくなるってこと！　どの顔もおもしろくて、表情が豊かだ！　ぼくにはもともと、愛する人たちとずっといっしょにいることが心の支えなんだ。単純で、やっかいで、ユーモラスな事実なんだけど、ひとりでもだいじょうぶって振りは、ほんとに振りだけで、キャンプにいっしょにきてる孤独好きな弟とはちがうんだ。

みんなに会えなくてさびしい気持ちが今日はすごく強くて、結局はがまんできなくなるかもしれないけど、このまたとない機会を利用して、こないだちょっと覚えた日常文章術と適切な文章構成術を使ってみようと思う。小さい本で覚えたんだ。とても仰々しい調子で説明されてて、なるほどと思うところもあれば、ばかみたいと思うところもあった。ほら、ぼくたちがここにくるまえの、あのつらい日々、ぼくが夢中になって読んでたあの本。母さんや父さんにはまったく退屈な本だと思うけど、内容にふさわしいちゃんとした文章を書くってことは、ぼくみたいな幼い、物知らずにとっては、おもしろいし、いい時間つぶしになるんだ！　今年中に、大げさな言葉づかいから抜けだせれば、すごくうれしい！　それができない限り、若き詩人、学者のような知識人、気取りのない人間になることはできないからね。母さんと父さんにお願いがある。図書館で会うか、散歩のときに会うことがあったら、ミス・オーヴァーマンにも頼んでほしいんだ。冷徹な目でここからあとの文章を読んで、基本的な文法、カンマやピリオドの使い方、文章の品位のどれかにおいて、大きなミスはもちろん、ささいな不注意でも、もしあったら、すぐに教えてって。用事のついででもいいし、ばったり会ったときでもいいから、ミス・オーヴァーマンにそう伝えてほしい。ぼくの文章はつまらないけど、それでも容赦なく徹底的にチェックしてって。そして、にこやかにこういってほしいんだ。ぼくは何よりも、自分の書き言葉と話し言葉の大きなギャップに死ぬほどうんざりしているって！　二種類の言葉を持っているということは、すごく気持ちが悪くて、不安なんだ。それからあの親切で地味な女性に、ぼくからの愛と敬意を伝えて。ぼくの愛する父さんと母さんにお願いしたいのは、あの女性を野暮で古い人間だなんて考えるのをやめてほしいということ。あの人は絶対に、野暮でもないし古くもないんだ。あの人ほど、やさしくて、ひかえ目で、あれほど純粋で、強い心を持っている女性は本当に少ないと思う。たぶんこの数百年で最も感動的な戦い――南北戦争とかクリミア戦争――の、歴史には残っていないヒロインのような人だと思う。ああ、ちょっと考えてみて。未婚で老齢にもかかわらず立派なあの女性は、この時代、いつも居心地の悪い思いをしなくちゃいけない！　不運なことに今世紀はあの人にとって、そもそも野蛮で住みづらい時代なんだ！　あの人は心の底でこう思ってる。残りの年月を元気に、『高慢と偏見』に出てくるエリザベス・ベネット、ジェイン・ベネット姉妹の魅力的で親しい隣人として過ごしたい、これらふたりの楽しいヒロインに、良識ある大人の意見をききにきてほしいって。あの人は、不運なことに、根は図書館員は向いていない。なので、お願いだから、ぼくの手紙のあまり私的じゃなくて、低俗じゃないところをみてもらうようにして。ただし、今回、字についてはあまりきびしくチェックしないように、ちゃんと伝えてほしい。正直いって、ぼくの字は、あの人の忍耐と、減退しつつあるエネルギーと、不安定な現実感をすりへらす価値なんかないんだから。正直いって、ぼくの字は、成長とともにだいぶましになっていくだろうけど、救いようがないほどひどいってことは変わらないと思う。気分が不安定なところとか、とても感情的なところとかが、この先も字を書くたびにはっきり表れるからね。まったく不幸なことだけどしょうがない。

母さん！　父さん！　きょうだいたち！　このさわやかで、のんびりした朝、ぼくがどんなにみんなのことを思っているか！　弱い日の光が、とても素敵な、よごれた窓から差しこんでいる。ぼくはこのベッドに仕方なく寝ている。みんなの楽しげで、うれしそうな、美しい顔がみえる。それも目の前にはっきり。まるで天井からひとつずつ、楽しそうに糸でぶらさがっているみたいだ！　愛する母さん、ぼくたちはふたりとも文句なく健康だ。バディは食べられるものならなんでも、みていて気持ちがいいくらい食べてる。食事はそれほどひどくはないけど、いささか愛情か想像力が欠けていて、食堂で出されるお皿にのるサヤインゲンやニンジンはどれも、野菜としてのささやかな魂さえ失っている。こんな料理はすぐにでも生まれ変わる。絶対にそうだよ。料理を作っているネルソンさん夫婦——ちょっとみた感じ、最悪の結婚だと思うけど——このふたりが、食堂にやってくる子どもたちを、現世でどんな親から生まれたかなんて気にせず、すべて自分たちの愛する子どもだと思ってくれさえすればいいんだ。だけど、このふたりと話すという拷問のような時間を数分でも経験すれば、そんな考えは、月を望むようなものだとわかる。ふたりの上には怠惰という恐ろしいオーラが漂っていて、それに理不尽な怒りの発作が加わるもんだから、ふたりとも、愛情のこもったおいしい料理を作ってやろうという気持ちなんてさっぱりなくしてしまうんだ。それどころか、曲がった食器をきれいにしようという気さえなくしてしまう。バディはフォークをみただけでかっとなっちゃう。バディはこの性格を直そうとしているんだけど、ここのフォークは吐き気がするほどひどい。おまけに、ぼくとバディの間には重要で微妙な境界線があって、それを踏み越えてまでこのすばらしい弟の怒りを矯正する権利は、ぼくにはない。バディはあの年で、人生において驚くべき役割を果たしているんだから。

訂正。字はチェックしなくていいってことは、ミス・オーヴァーマンにはいわなくていいよ。パートで働いているあの女性にとって、ぼくの下手な字のことをじっくり考えたり、文句をいったりするのは最高の娯楽なんだ。ぼくはあの親切な人にとても世話になっている！　あの人は教育委員会で細かいところまで訓練されてきた。本当に気の毒なんだけど、あの人が心から親身になって小言がいえるのは、ぼくのひどい字と、ぼくが深夜に楽しく夜ふかしすることくらいしかないんだ。ぼくたちの関係がいつこんなふうになってしまったのかはわからない。ぼくが小さい頃からかもしれない。ぼくがなんでも読むのをみて、あの人がとても真面目な子だと思いこんだのが原因のような気がする。ぼくがうっかり、自分の生活の九十八パーセントは、ありがたいことに、不確かな知識の探究なんかにはないという、まっとうで人間的な考えを伝え忘れたのが悪かったのかもしれない。あの人といっしょに机の前やカード目録の前にいく途中、冗談をかわすことがあるんだけど、どれもおもしろくなくて、上っ面だけのものなんだ。いや、普通に話をしていても、すごく憂鬱なときがある。それは、中身もなく、人間的な愚かさもなく、図書館で椅子に座っている人たちはみんな胆嚢やその他の興味深い臓器を皮膚の下に持っているという、いわせてもらえば、ほんとにおもしろくて楽しい常識を共有することなく、話さなくちゃいけないときだ。これに関してはもっといいたいことがあるけど、今日はこれ以上書いてもしょうがない。気持ちが落ちこんでいるからね。それに大切な五人はここからむちゃくちゃ遠くにいるし、ぼくはぼくで、無意味に家族と離れて暮らすつらさに自分がどんなに弱いか、つい忘れてしまう。このキャンプ場はほぼいつも、すごく刺激的で感動的な場所なんだけど、ぼくはこう考えている。うちの優等生、バディやぼくみたいな子がこの種の恩恵を楽しめるのは、緊急時か、そうでなければ家族のなかで大きな不和があるときくらいだろうって。さて、もう少し普通の話題に移ろう。ああ、こんなふうに気楽に書くのはすごく楽しいんだ！

みんなも安心してほしいんだけど、ここの幼いキャンプ仲間の多くは、日に日にありえないほどやさしくて感動的なほどいい子になっていく。ただし、人気や低俗な名声が得られる小グループに入って、根拠のない満足感でいっぱいになっているときは別だ。神さまには心から感謝するほかないんだけど、ここでぼくたちが出会った男の子のほとんどは、悪い仲間から離れているときに話をすると、地の塩〔訳注　社会の腐敗や堕落をくい止める人物のこと。新約聖書のマタイ福音書より〕なんだ。残念なことに、この感動的な惑星ではここでもどこでも同じだけど、合い言葉は「真似をしろ」で、最高の望みは名声を得ることだ。ぼくはここにいるみんなの状態なんてどうでもいいけど、心臓が鉄でできてるわけじゃない。ここにいる素晴らしい、健康で、ときに驚くほどハンサムな男の子たちのうち、成熟できるのはほんのひと握りだと思う。すごく悲しいけどいってしまうと、ここにきている男の子たちはただ老化していくだけだ。そんなの黙ってみていられる？　それどころか、心が砕けてしまう。ここの指導員も、指導員なんて名前だけで、ほとんどみんな、生まれてから老いぼれて死ぬまでの人生を、この宇宙のすべてのことや、それ以上のことに対してつまらない未発達の状態のまま対応していくだけなんだろう。たしかに、残酷で厳しい言い方だと思うけど、現実はもっと厳しい！　うちの家族はみんな、ぼくをやさしい子だと思ってくれていると思う。そうだよね。だけど本当は、ぼくは神さまに雹《ひょう》や岩を投げつけられてもしかたないくらい、冷たいやつなんだ！　毎日、指導員たちのどうでもいいばかばかしい話をきくたびに、心のなかで、こいつの頭をでっかいシャベルか太い棍棒でたたき割ってやれば、状況はきわめてよくなるのにと思ってしまう！　それから、ここにきている男の子たちが腹立たしいほど感動的ないいやつでなくて、むちゃくちゃ性格が悪かったら、自分もこんなに非情じゃなくなると思う。ぼくの間抜けな声の届く範囲でいちばんいいやつは、グリフィス・ハマースミスかな。胸がじんとするくらいいいやつなんだ！　うっかり感情をコントロールしそこなうと、彼の名前をきくだけで、目に涙がうかんでくるくらい。ぼくはここにきて以来ずっと、毎日、感情を制御しようとしているんだけど、なかなかうまくいかない。ご両親が愛する息子にグリフィスなんて大げさな名前をつけるのは、もっと大きくなってからにすればよかったと思う。こんな名前をつけられたら、子どもには重荷だ。ぼくのシーモアという名前も、考えなしの大間違いだと思う。かわいくて素敵な名前だったら、たとえばチャックとか、せめて、ティップとかコニーだったら、大人も先生も気軽に呼べるはずだ。だから、ぼくもこのささいな問題とは無縁じゃない。このグリフィス・ハマースミスもぼくと同じ七歳。ただ、まったくどうでもいい、ささいなことだけど、ぼくのほうが三週間早く生まれている。グリフィスがキャンプでいちばん小さいんだ。驚くことに、そして悲しいことに、うちのバディよりも小さい。二歳も上なのに。だからグリフィスがこの世界で負っている荷はとても重いと思う。この優秀で、ひょうきんで、感動的で、頭のいい子が負っている十字架をいくつか並べてみたから、ちょっと読んでみて。絶対、かわいそうでたまらなくなると思う！

A　発話障害がある。舌足らずでかわいいどころじゃなく、しゃべろうとすると全身でどもってしまう。だから指導員もほかの大人も、楽しく相手をすることができない。

B　ベッドにゴムのシーツを敷いて寝なくちゃいけない。理由は書くまでもないと思う。うちのウェイカーと同じなんだけど、原因が違う。グリフィスの膀胱はどんななぐさめも好意も受けつけないんだ。

グリフィスはキャンプが始まってから九本目の歯ブラシを使ってる。三、四歳の子みたいに森のなかに隠したり、バンガローの下の葉っぱやいろんなものの下に隠したりするからなんだ。それもだれかを笑わそうとか、だれかに仕返しをしようとか、それが楽しいからやっているわけじゃない。いや、仕返しといえば仕返しなのかもしれないけど、グリフィスは、思う存分仕返しをして大喜びできるようなのびのびした子どもじゃない。グリフィスの心は家族によって押し殺されて、窒息寸前なんだ。状況は微妙で、救いようがない。

C

幼いグリフィス・ハマースミスは、ぼくたち、つまりぼくとバディに――こんなところまでと思うようなところにも――しょっちゅうついてくる。グリフィスは優秀で、感動的で、頭もいいんだけど、それは過去や現在のいまわしい状況から解放されているときだけ。それに彼の未来は、口にするのもおぞましいけど、最悪だと思う。できることならキャンプが終わったらすぐにでも、絶対の自信と喜びとすがすがしい気持ちで、うちに連れて帰りたい。だけど、グリフィスは孤児じゃない。母親がいる。若くて、離婚していて、きれいで派手な感じの顔には、うぬぼれと自己愛と、人生へのかすかな愚かしい――本人にとってはそうじゃないらしいけど――失望が表れている。たぶん、そんな感じ。人の気持ちをそそる女性的な魅力があることは、ぼくたちも確認ずみだ。母親として女性として、腹立たしくてくだらないことばかりしている。

このまえの日曜日の午後、雲ひとつなく、驚くほど晴れた日にいきなりやってきた。そして、ぼくたちを大きくて派手な高級車ピアスアローでドライブをして、帰りにエルムズというレストランで食事をしようと誘ってくれた。残念ながら、ぼくたちはその誘いを断った。だって、すごく冷たい感じだったんだ！　いままでに何度か、びっくりするほど冷たい誘いを受けたことがあるけど、あれほど冷たいのはなかった！　母さんなら、あの完璧にうわべだけの親しげな態度をみたら、ちょっと興味を引かれるかもしれない。いや、そうでもないかなあ。母さんはまだ若いから！　ミセス・ハマースミスは、透明でちょっとコミカルな、心のあまり深くないところですごくがっかりしたらしい。キャンプでぼくたちがグリフィスの親友だってことを知っててね。そして驚くほど目ざとく、すぐに息子と同じバンガローのリチャード・メイスとドナルド・ワイグミュラーをみつけて気に入ってしまった。理由ははっきりしてるけど、みんなにあてて書いているこのありふれた楽しい手紙でそれについて書くのはやめよう。時間とともに、ぼくはこういうことに慣れてきた。弟のバディは、みんなもよく知ってると思うけど、ばかじゃない。かわいいし、やさしそうにみえるけどね。しかし、若くて魅力的で、辛辣で孤独な母親が、それも派手で、貴族的な顔で、すごいお金持ちで、どこにでも出入りできそうで、指にはいくつも宝石が輝いている、つまり狭義の魅力にあふれた母親が、息子、それも神経質で孤独な膀胱を持つ未熟な息子の目の前で、あからさまにがっかりした顔をするというのは、許されないことだし、絶望的だと思う。絶望的という言葉は意味が広すぎるかもしれないけど、この種のどうしようもない理解不能の事態に関しては、なんの解決法も思いつかない。もちろん、なんとかしたいけど、ぼくはまだ幼いし、現世での経験も限られているからね。

ここにきて最初、みんなも知ってると思うけど、ぼくたちは別々のバンガローに入れられそうになった。冗談じゃない。兄弟や家族はバンガローを分けたほうが健全だし、付き合いも広がっていいという前提に立ってのことだ。しかし、特別よくできた弟バディの何げないコミカルな提案に従って、ぼくたちはミセス・ハッピーと仲良く話をすることにしたんだ。それは、ばかばかしいキャンプ生活の三日目か四日目のことだった。そしてミセス・ハッピーに、バディはまだ幼いけど、心から楽しめる人間的な会話と、知的なやりとりが必要だってことを説明した。するとうれしいことに、土曜日の検査のあと、バディは身の回りの物といっしょに、あのすてきな小さなユーモラスな体ごと、ここにくる許可がもらえた。こうしてぼくたちはほっとして、この件でささやかな正義が行われたことを喜んだ。みんなも、絶対、ミセス・ハッピーと親しくなってほしいな。まあ、ここにきたら、いや、こられたら、だけど。彼女は黒髪が印象的なんだ。そして活発で、音楽的センス抜群で、とっても素敵なちょっとしたユーモア！ミセス・ハッピーが趣味のいいワンピースを着て芝生を散歩しているところをみたら、思い切り自制しないと、絶対に抱きしめてしまうよ。バディをすごく気に入っていて、心底愛している。それはぼくにとってすごくうれしいことで、思わず涙がにじむことがあるくらいだ。生きていてわくわくすることはたくさんあるけど、そのうちのひとつは、若くて美しい女の子や女性が直感的に、干上がりかけた素敵な小川のそばで十五分くらい、とりとめのない話をするうちにバディの素晴らしさを認めてくれることだ。ああ、人生って、目を見開いてさえいれば、心躍る楽しいことに出会えるんだね！　それにミセス・ハッピーは母さんと父さんの大ファンなんだ。ニューヨークの舞台で何度もみてるって。大体は彼女が住んでるリヴァーサイドの家のそばの劇場でね。母さん、ミセス・ハッピーは偶然だけど、完璧な脚と足首と、生意気な胸と、張りがあってかわいいお尻と、びっくりするくらい小さな足と、とっても小さな足の指が母さんそっくりなんだ。わかってもらえると思うけど、輝かしい、あるいは、人にみせたくなるような足の指を持つ成熟した女性と出会うなんて、いってみれば、思いがけないボーナスみたいなもんだよ。普通は、かわいらしい子どもの体型を失うとき、足の指って、変にゆがんじゃうからね。ミセス・ハッピーがいつまでも子どものような心でいてくれますように！　ときどき、この魅力的で快活で美しい人がぼくの十五歳も上だなんて信じられなくなる！　子どもがこんなことを考えるのがいいのか悪いのかは、母さんと父さんの賢明で貴重な判断にまかせるけど、親子の手紙には面と向かって話すときと同じ率直さが必要だとすれば――こういう関係を、ぼくはいままで必死に作り上げようとして少しずつ成功しつつあるんだけど――ぼくは喜んでこういいたい。このかわいくて魅惑的な女性、ミセス・ハッピーは、本人は知らないけど、ぼくの欲望をかきたててやまない。ぼくはまだばかな子どもで、はたからみればおかしいのはわかる。だけどそれは、いま思い出して書いているからそういえるんだ。残念だけどね。二、三度、うれしいことに、水泳の時間のあとメインバンガローに寄って、ココアか冷たい物を飲んでいったらといわれて、そうしたことがあった。そのときは期待で胸が破裂しそうだった。言葉ではとてもいえないくらい興奮して、彼女がうっかり裸の姿でドアを開けてくれないかと期待したんだ。そのときの心臓の鼓動ときたら、とても笑い事じゃすまされない。繰り返すけど、それはいま思い出して書いているからそういえるだけなんだ。ぼくはまだ、あまり上品とはいえないこのことについてバディと話し合ったことはない。バディの欲望は花咲き始めたばかりで、とっくに花をつけたぼくのそれとはちがって、柔らかく、ささやかなものだけど、バディはもうかなり勘づいている。この愛らしい女性のせいで、ぼくが欲望の嵐に翻弄されていることを。そして何度か、からかわれた。ああ、まったく、この幼くも賢く、隠れた天才である幼い男の子を弟に持つことは名誉であり特権であると思う。だって、ぼくが話のなかでいくらごまかそうとしても、ごまかされないんだ！　ミセス・ハッピーの問題は、夏が終わりに近づけば忘れちゃうと思うけど、父さん、ひとつぼくのお願いをきいて。父さんの欲望と、厚くて官能的な下唇のくっきり突き出た肉感的な線をぼくが受け継いでいるということを認めてほしい。その点に関しては、うちの幼く優秀なウォルター・F・グラースと幼いベアトリスとウェイカー・グラースも同じだ。ただ、この三人は、ぼくと父さんにくらべると下唇の線がそれほどくっきりしていない。父さんもそうだと思うけど、ぼくだって、いつもは人の顔の特徴なんてまったく気にしない。だってそんなものはまったくあてにならないし、時間とともに消えたり変わったりするからね。だけど下唇のくっきりした線だけは気になる。唇のほかのところより色が濃くなってるところだよ。宿命がどうのって話はしない。ぼくがそういうことにふと興味を持って夢中になっているのを父さんがばかにしてるのを知ってるし、その気持ちはとてもよくわかるから。だけど、これだけはいっておきたい。この下唇の線はまさに、そういう宿命的な意味を持っているんだ。人はこういったものに出くわすと、それを克服するか、克服しないときは、堂々とそれと戦い、相手を倒すか、自分が倒れるまで戦う。少なくともぼくは、一日中、強い肉体的な欲望に惑わされたくはない。この姿が与えられている残り少ない、素晴らしいこの現世にいる間はね。現世で、この姿でいられる間にすべきことは山ほどあるんだ。それもまだよくわからないことが。そしてぼくはこの重大なときに、魅力的な肉体という、迫りくる豊満な平原やうねる山脈に惑わされるくらいなら、犬のように死んだほうがましだと思う。ぼくに残されている時間は本当に少ない。それは悲しいし、うれしくもある。間違いなく、ぼくはこの肉体的な問題とこれからもずっと関わっていくつもりだけど、父さん、ぼくの大好きな親友でもある父さんが、ぼくと同じくらいの頃に感じた、どうしようもない肉体的欲望についての、すべてをあけすけに語ってくれると、すごくうれしい。この手の本を一、二冊読んだけど、どちらも欲望をたきつけるだけで、人間的なことは何も語っていなかったから、ちっとも考えるヒントにならなかった。父さんがぼくくらいの年だった頃に、どんなことをしたかきたいんじゃない。それよりもっと話しづらいこと。つまり、どんなことを想像してわくわくしたり楽しんだりしたかという、話しづらいことをききたいんだ。そういう気持ちがなければ、欲望のための器官なんて、ないも同然なんだから！　父さん、どうか、恥なんか忘れて。父さんもぼくみたいな少年の頃があったんだから、父さんを嫌いになったり、尊敬しなくなったりするはずない。いや、その反対だと思う。だから、ありのまま幼い頃の恥ずかしい想像を話してよ。ぼくたちは心から共感し感動しあえると思う。節度ある率直な考えはいつでも、子どもにとっては一時的だけど、このうえない指針になるんだから。それに、バディやぼくやウォルターは、その性格からして、人間の甘く俗っぽい側面を知ってショックを受けたり、いやな気持ちになったりすることはない。本当に、人間の愚かで動物的な資質はどんなものでも、ぼくたちの心に強く響くと思う！

びっくりしたなあ！　せわしいキャンプ生活の間に、家族に手紙を書くというささやかな時間つぶしが、こんなに愉快で楽しいなんて！　みんなはあんまりわかってないかもしれないけど、ぼくはいま最高に幸せな気持ちで、心と頭の要求を満たしているところなんだ。それをたっぷり説明するからね、すぐに。

こっそり――生意気なのはわかっているけど――ミセス・ハッピーの話を続けよう。みんなも彼女のことを好きになるか、かわいそうに思ってくれるはずだ。彼女はいまとっても大変なんだ。ひどい結婚生活のせいで、出産という楽しく幸福な重荷が苦痛にならないようにと必死に頑張っているからね。妊娠していて、あと少なくとも六ヶ月か七ヶ月しないと、彼女が恐れていることは起こらないんだけど、これからどんどん大変になると思う。本当にかわいそうなんだ。小さなおなかがふくれて、頭のなかにあるのは、いじましいたわごとばかり。それもありふれた狭い見識を共有する医者たちの書いた間違いだらけの、ばかばかしい本と、大学時代に同室だったときの親友で、ブリッジが天才的に上手な、たしかヴァージニアという女の人から得たものだけ。不運なことに、ここのキャンプには、悲しいほどひどい既婚者がたくさんいるけど、ぼくが知る限り、妊娠中なのは、ミセス・ハッピーだけだ。そんなわけで、ヴァージニアがいないこのキャンプ場で、ぼくがミセス・ハッピーの話し相手をつとめることになった。といっても、ぼくはまだ七歳だよ！　この人だいじょうぶかなって思うし、まあ正直いうと時々笑っちゃうんだけど、彼女は実際に、七歳の子どもを話し相手にしているということに気づいていない。そして内気なくせに、すごいおしゃべりなんだ。もし自分の悲しい話をぼくにしないとしたら、きっと、通りすがりの同情してくれそうな顔の人を相手にすると思う。彼女の話はすべて、かなり割り引いてきかなくちゃいけない。彼女はかわいいけど、根っから正直な話をする人じゃないからね。自分は愛情深い人間で、夫は愛情の薄い人間だと思っている。よくあることだけど、残念なことに、それは嘘だ。誓ってもいいけど、ミスタ・ハッピーは大当たりってほどじゃないものの、すごく愛情深い人だ。一方、残念なことに、ミセス・ハッピーは傷つきやすく、まったく愛情の薄い人間なんだよ。だれでも彼女の嘘にはいらいらすると思う。ひそかに彼女の美しさに夢中になってなければね！　だって彼女は、母さんや、ほかの家族から遠く離れてここにいるバディみたいな小さな子を抱きあげて、まわりの森にこだまするようなキスをすることもできないんだから！　この広く、無情な世界で、普通のキスをしてやろうという人間的な気持ちがないんだ！　輝くような魅力的なほほえみだけじゃ、だめなんだ。気をきかせてマシュマロを浮かべたおいしいココアじゃ、キスや心からの抱擁の代わりにならないってことがわかってない。だって、相手は五歳の男の子なんだよ。彼女は自分で思っている以上にまずい。まあ、ぼくの勝手な想像だけどね。この夏が終わるまでに、ぼくがささやかな話し相手になってあげられなかったら、この愛らしい美女はこれから先、不道徳な道に走るかもしれない。軽はずみな浮気心と女の子らしい会話から始まって、ほんのささいな転落から一気に堕落してしまうのが目にみえる気がする。愛情が薄くて、やさしさに欠けているから、そのうち見ず知らずのかっこいい男に身も心も捧げたくなるんじゃないかな。自尊心が強くて、自己愛に閉じこもっているから、限りない魅力を本当に親しい人と分かち合うことができないんだ。すごく危ないと思う。残念なことに、ぼくはいま彼女とうまく話をすることができない。なぜかというと、ためになる、理にかなったきびしい助言をしたいと思う一方で、彼女が裸でドアを開けるのをみたいという、ろくでもない欲望にさいなまれているから。父さん、母さん、それからほかのみんなも、時間があったら、ぼくがこの愚かでいまいましい混乱から抜け出すためのいい方法をさずかるよう、神さまに祈ってほしい。時間のあるときに、それぞれのやさしい素敵な言葉で祈って。とくに強く祈ってほしいのは、心のバランスをとりもどせるようにということ。ぼくは、彼女に健全で完璧なアドバイスをしようという気持ちと、子どもサイズの性器なりの肉体的欲望に引き裂かれているんだ。だいじょうぶ、みんなの祈りは決してむだにはならないと思う。ただ言葉にして祈ってくれさえすれば、ぼくがこの冬の夕食のときいったように、そのお祈りが効いてくると思う。もし神さまが、このことでぼくを役に立つと思ってくれれば、ぼくはこの美しく、心をふるわせる女性の大きな助けになれるはずだ。ハッピー夫妻がうまくいっていない根本的な原因は、体と体がぴったりひとつになれないところにあるんだと思う。いま必要とされている、適切で勇気ある方法の、大胆で注意深い説明さえあれば、それはすぐにでも解決できるはずだ。もしデザレイ・グリーンがいれば、簡単にやってみせてくれるよ。デザレイは八歳の女の子にしては珍しく大胆で開けっぴろげだからね。だけど、実演なんかしなくてもだいじょうぶ。だから、このデリケートな問題に悩んでいるぼくのために祈って！　ウェイカー、ぼくはおまえのお祈りのぞくぞくするような無邪気な力にはとくに期待している！　忘れないでほしいのは、ぼくは七歳の男の子だからといって、このきびしい責任から逃れることはできないってこと。もしそんな薄っぺらで、どうしようもない言い訳をしようものなら、ぼくは嘘つきで、卑怯な裏切り者で、安っぽいありきたりの言い訳をするろくでなしってことになってしまう。残念だけど、この件に関して、ぼくはミスタ・ハッピーに近づくことはできない。このことに関してもほかのことに関しても、ちょっと近づきにくい人なんだ。もし近づけるチャンスがあったとしても、比喩とかじゃなく実際に、ミスタ・ハッピーをそばにある椅子に縛りつけなきゃ、まともな話ができない。あの人は前世でロープを作っていたけど、あまり上手じゃなかった。トルコだったかギリシアだったか、どちらかはわからない。そして欠陥品を作って、そのせいで有名な登山家が何人か死んだ責任を取らされて処刑された。だけど、この事件の根本的な原因は信じがたい頑固さとうぬぼれと怠慢なんだ。家を出るときにいったように、ぼくは余計なことを考えるのはなるべくやめようとしている。快適で普通の夏をここで過ごす間はね。そんなことに心を煩わせるのは十中八九、まったくの時間のむだだから。当事者がそれについて堂々と議論することを役に立つと思っていようが、気味悪いと思っていようが、まったく不快だと思っていようが、むだはむだだ。

なんだか、とても長い手紙になりそうだ！　父さん、覚悟して！　だけど、全体の四分の一くらいで許してあげようか。とりとめもなく長くなりそうなのは、思いがけず、余分な時間がとれたからなんだ。それについては、またあとで書くね。簡単に説明しておくと、昨日、脚をひどくけがして、久しぶりにベッドから出られなくなった。すっごいラッキーだよね！　それでぼくの相手をして、世話をしてくれることになったのがだれだかわかったら、えらい！　わが家の人気者、バディなんだ！　バディといえば、もう、いつもどってきてもいい時間だ！

ぼくもバディもかなり減点をくらっちゃった。ラサール・ホテルからみんなに電話をもらったあとだよ。あの電話はすっごくうれしかったけど、接続がよくなかった。それからかっこいい新品の腕時計をなくしちゃった。こないだの水泳の時間にね。だけどまたみんなで、明日か、今日の午後に腕時計をさがしにもぐるから、だいじょうぶだと思う。なかに水が入ってだめになってないといいんだけど。そうだ、なんで減点されたかっていうと、いつもバンガローをろくにそうじしなかったことと、あとはキャンプの集まりでみんなと一緒に歌わずに、許可なしに退出したから。まあ、そんな感じ。まったく、こんなに離れて、ぼくたちがどんなにさびしく思ってるか、気がついてよ。母さんも父さんも、あとの三人のぼくの大好きなちびちゃんたちも！　素朴な手紙は、立派な文章術なんかで書かないほうがいい！　自分らしさを保ちながら、感動的で立派な文章を書くことに絶望しはじめてきた。これはぼくの将来の絶望のひとつの兆候だろう。だけど、ぼくは自分の持てる切実な注意をすべてそれに向け、恥じることのない、ユーモラスな休戦状態に持ちこみたいと考えている。

楽しくて愉快な手紙や絵はがき、すごくすごくうれしかった！　父さん、デトロイトとシカゴがそんなにひどい街じゃないときいて、ぼくたちはほっとして喜んでる。それからシカゴで若いミスタ・フェイと共演したことも、同じくらい喜んでる。よかったね、もし母さんがまだ、あの非凡な男の人に無害で社交的な情熱を抱いているなら。ぼくはこの一年くらい、あの人にいきなり手紙を送りつけようかと思ってたんだ。一年前、ぼくはあの人と楽しく愉快なおしゃべりをした。あれは、美しい土砂降りのなか、タクシーに一緒に乗ったときだった。あの人はとても賢くて、心がやさしくて、独創的だ。きっといろんな人に真似されて、盗まれて、用なしになってしまうと思う。間違いない。やさしさの次に、世界でもっともスリリングで、まれなもののひとつが独創性だ！　今後、ぼくたちへの手紙には、なんでも書いて。たあいないことや、どうでもいいけどうれしいことであれば、そのほうが読んで楽しいからね。「バンバリーナ」のことを教えてくれてありがとう。最高にうれしくて、舞い上がっちゃった！　持てるものすべてをあれに注ぎこんで！　とっても魅力的な曲だと思う。もしこのキャンプが終わるまえに録音するんだったら、すぐに最初のレコードを一枚送って。ミセス・ハッピーの快適な部屋に、調子の良くない蓄音機があるんだ。こういうときくらいは、ミセス・ハッピーに無理をいってもいいと思う。いい仕事を続けてね！　ほんとに、母さんと父さんは才能あふれる、すてきで素晴らしいカップルなんだから！　親子じゃなかったとしても、ぼくのふたりに対する賞賛の気持ちはすごいよ、本当に。ぼくたちは心から、母さんがふたたび最高の気分でいられて、またすぐ巡業に出ることを不満に思わないように祈ってる。母さんが、ぼくの愚かな気持ちをなだめるためにしてやろうと断言したことを実行する余裕があるなら、すぐにでもしてほしい。あれは――真剣にいうけど――間違いなく嚢胞《のうほう》だから、どこかのちゃんとした病院にいって焼き切るか、切除してもらったほうがいい。それも至急。ここにくる列車のなかで感じのいいお医者さんと話をしたんだ。その人がいうには、嚢胞を取るのはちっとも痛くないんだって。そっと切除すればいいって。ああ、人間の体って、数え切れないくらい、にきびや嚢胞があって、哀れだし、大人になると思いもよらないときに、吹き出物ができたり消えたりして、うんざりするよね。そういういやな気分のときって、神さまに帽子をとって一礼しなくちゃと思ってしまう。なんで人間に、にきびや嚢胞や、顔にできる見てくれの悪い吹き出物や、ひりひりする腫れ物が必要なんだろう！　ぼくはいままで、神さまが無意味なことをするのをみたことがない！　まあ、このデリケートな問題は置いておいて、わが家の五人にキスを五万回送る。もしバディがここにいたら、喜んで同じようにすると思う。バディといえば、また別のデリケートな問題があるんだ。父さん、母さん、ぼくは真剣にいいたいことがある。怒らないでほしいんだけど、父さんも母さんも、完全に、絶対に、痛ましいほどバディを誤解している。それは、ふたりとも、バディにはぼくさえいればいいと考えてるってこと。思い切り正直にいうけど、父さんが、ああいう痛ましくて見当違いのたわごとを電話でこれ以上押しつけないでくれると、ぼくはすごく気が楽になると思う。優しくて、才能のある父親に、人を傷つけるような、じつに愚かで間違ったことをきかされると、受話器をどうしていいかわからなくなる。いま話題にしている素晴らしい男の子は本音を絶対にもらさない。そこがほかの人とも、ぼくや父さんともちがうところだ。とにかくこれだけは覚えておいて。この幼くて魅力的な男の子は将来、先のとがった書きやすい鉛筆と紙がたくさんある部屋ならどこにでも飛びこんで、バタンとドアを閉めてしまうようになるかもしれないんだ。ぼくにはバディの人生を変えるほどの力はないし、そもそもそんなことはしたくない。これは昔からの問題で、自尊心に付随する問題だということは、間違いない！　やさしい父さんと母さんがバディの重荷を軽くしてやることはできないかもしれないけど、絶対に、バディの小さな背中に重い小言をのせるのだけはやめてほしい。こういったささいな問題をのぞけば、バディほど才能にあふれた人間をぼくは知らない。バディはどんなに熱心に勧められても、ほかの人の真似をして生きるようなことはしないよう必死に頑張ってるんだ。バディはうちのきょうだいを手際よく、それとなく導いていってくれると思う。ぼくが燃えつきて役に立たなくなったり、いなくなったりしたあともずっとね。まだ子どものぼくが、すてきな父さんにこんな言い方をするのは失礼だし、許されないと思うけど、父さんたちはバディのことをちっともわかってない。さあ、そろそろもう少しまとまった話題に移ろう。

ミスタ・ハッピーの戦友の合衆国下院議員がこのあいだの週末、このキャンプにきた。ここ数年会ったなかでいちばんひどい人だった。だから名前は書かないほうがいいと思う。その人の不正直さと、表面をとりつくろった腐敗臭がキャンプ中をおおったくらいだ。その悪臭はまだ空の上のほうまで漂っている。ミスタ・ハッピーの、へりくだったわざとらしい笑い声はどんな言葉でも表すことはできない。ミセス・ハッピーのバンガローのポーチで彼女とちょっと話す機会があったので、こういっておいた。あの議員と、ミスタ・ハッピーの胸が悪くなるへつらいかたに腹を立てて、おなかのかわいい赤ちゃんが悪い影響を受けないようにくれぐれも注意してくださいって。本当にあのふたりがくだらないことを話しているところは不愉快だった。ミセス・ハッピーは心から同意してくれた。その日、そのあとで、ぼくは彼女のために、いやだったけどミスタ・ハッピーのたっての頼みをきいて、夕食がすむと、バディとバンガローにいって、お客である、あのいやな議員のために何曲か歌をうたったりした。だけどぼくには、腐敗臭の漂う場所にバディを連れていく権利なんてなかった。だから心ひそかに、神さまにぼくを罰してくださいと祈っている。出すぎた真似をしたと思う。賢い弟に相談もしないで軽はずみに引き受けたりしちゃいけなかったんだ。ただ、招待を受けたあとふたりで相談して、タップシューズは履かないでいくことにした。ところが、これが大間違いで、ただの気休めにすぎないことがわかった。その晩、場が盛り上がって、ぼくたちはソフトシュー・タップをすることになったんだ！　皮肉なことに、ぼくたちのタップは最高の出来だった。それはミセス・ハッピーがアコーディオンを弾いてくれたからだ。美人で才能のない人が、アコーディオンで下手な伴奏をしてくれたら、そうならざるを得ない。ぼくとバディはすごく感動して、すごく楽しくなった。ぼくたちはまだ幼いけど、美人で才能のない女の人のためとなると、つっこみ所満載の、ひょうきんな引き立て役になってしまう。こういうところは直そうと思う。まったく、かなり大きな問題だよね。

お願いだから、この長々しい手紙にいらだったり、冷たくしたりしないで！　もしがまんしきれなくなったら、すぐにこう思って、ぼくは今日とても暇で、ここにいない五人の心の家族と楽しいつながりを持つことが必要なんだって！　ぼくは、みんなとずっと会わないでいられるようにできてないんだ。そんなふうになりたいなんて一度もいったことはないし。それにぼくのニュースやいろんなお知らせは、すごくおもしろくて愉快で、緊張をほぐしてくれるはずだ。

わかってると思うけど、ぼくとバディの気持ちが大きく変わることは絶対にない。まあ、少し日焼けして、かなり健康的なキャンプ場の子どもにみえるようにはなってきたけど。子どもは思い切り健康でなくちゃね。そういえば最近、いやなことがひとつあった。ぼくたちが有名な芸人コンビ、ギャラガー&グラース〔訳注　ギャラガーは母親の旧姓〕の子どもで、当然、父さんや母さんの楽しくスリリングなお手本のおかげで、かなり経験を積んだ芸のうまい子どもだということはみんな知っていた。ところがもうひとつ、キャンプ場でうわさが広がったんだ。それは弟のバディとぼくが、幼い頃からまわりが顔をしかめるくらいの読書好きだということと、もうひとつ、よくわからない種類の手腕、能力、才覚、才能があって、それを披露する大きな責任があるというわさなんだ。後者は、ぼくたちにやっかいな接着剤のようにくっついている。これは前々から、とくに前前世と前世からついて回っている業みたいなものだ。バディはこの頃、それを全身で受け止めている。あれは、間違いなく、きついと思う。ちょっと考えてみて。五歳の子がゴシップと悪意の格好の新しい餌食になってるんだ。その子はしょっちゅう本を読んだり文章を書いたりしていて、毎日のように飛躍的にそれらの能力をのばしている。そのうえ、まだ愚かにみえる年齢なのに、魅力的な外面や、虚栄心や、純粋な勇気のほとばしりや、ぞっとするような欺瞞などすべてに気づいている！　それがバディの状況なんだ。いったい、どうなると思う？　このことはだれも知らないけど、もし外にもれて、キャンプにきてる子や指導員に知られて、うわさになってしまったら。だけど、実際、もうそうなってしまった。不幸なことに、バディもよくわかってるんだけど、最近の騒動のほとんどはバディの向こう見ずが引き起こした過ちなんだ。ああ、まったく、人生というでこぼこ道を旅するのに、バディほど愉快で危なっかしい仲間はいないよ！　不快な出来事の全容を簡単に、これから書いてみる。ミスタ・ネルソン――生まれついての新し物好きで、うわさとゴシップが大好きな人物――が食堂を仕切っているってことは、まえにも書いたよね。いっしょに働いている奥さんが口やかましい不機嫌そうな女性で、根っからのトラブルメーカー。だれもいないときの食堂は、キャンプ場でだれにも邪魔されないでいられる唯一の場所で、バディは最初からここに目を付けていた。蒸し暑い火曜日の午後、バディはミスタ・ネルソンが読んでいる本をみて、その本を二、三十分で覚えられるかどうか賭けをしようといったんだ。もし全部暗唱できたら、そのごほうびに、ぼくたちグラース兄弟に、このだれもいない快適な食堂を使わせてほしい、ぼくたちはここで本を読んだり、文章を書いたり、外国語の勉強をしたいんだ、そうすれば、このキャンプ場をハエみたいにうるさく飛び回っている、わかりきったありきたりの意見や考えから逃げられるから、って。ああ、ぼくはバディに、相手が責任感のある大人であれ、信用できない大人であれ、絶対に取り引きをしちゃいけないといっておいたのに！　このとんでもない事実をぼくに内緒にしたまま、あの恐るべき独立心の強い弟はミスタ・ネルソンと取り引きをしてしまった。ぼくたちは深夜になるとよく、自分たちの特殊な才能のことは絶対、秘密にしておこうと言い合ったはずなのに。幸い、この件はあまりひどいことにならずにすんだ。ミスタ・ネルソンの読んでいた本はフォリーとチェンバレンが書いた『北アメリカの硬木』だった。このふたりの著者は驚くほど謙虚で控えめで、ぼくはそれまでの読書体験で、前々から尊敬していた人だった。樹木への愛、とくにブナやホワイトオークへの思い入れがしっかり伝わってくる。ふたりのブナの木への無条件の愛はとても気持ちがいい！　だからぼくとバディの言葉のやりとりはそれほど激しくもなく、不快でもなかった。ありがたいことに、どちらも泣いたりすることはなかった。ところが、メリーランド州ボルティモア出身の指導員長――ミスタ・ネルソンの友人でばか笑いで有名な――ホワイティ・ピットマンは、バディがすごいことをしたというわさをきいて、これを話題として使おうとした。この人は、どこからどうみても、子どもを利用して自分の評判を上げるという才能にたけている、知的ハゲタカ、話のうまい寄生虫みたいなやつだ。そして二十六歳、つまり若者ではすまされない年のくせに、知らない人たちが大勢いるなかで、バディにむかってこういったんだ。「きみが神童といわれているのはただの噂だと思っていたよ」。良識ある大人が五歳の子どもにむかっていう言葉だろうか？　ありがたいことに、わが家に恥と困惑をもたらさずにすんだのは、この腹立たしく非常識な発言がなされたとき、ぼくが役に立ちそうな武器を持ってなかったからだ。だけど、そのあとで絶好の機会をとらえて、ロジャー・ピットマン――あわれな両親が彼に与えたフルネーム――にこういってやった。もしぼくの目の前で、もう一度、あんなことを弟に、あるいはほかの五歳の男の子にいったら、日が暮れるまえに殺してやる、それができなかったら、ぼくが自殺してやる。あの危機的瞬間、その気になれば、あんな犯罪的な発言を抑えることはできたと思う。ただ、つらいけど認めなくちゃいけないのは、ぼくの体には不安定な感情の流れる血管のようなものが一本走っていて、その流れは激流といってもいいくらいすさまじいってこと。これはしっかり自覚しなくてはいけないと思う。ぼくは前世でも、そのまた前世でも、この不安定な感情を矯正しなかったことを愚かだったと後悔していて、うんざりしている。これだけは、よく知っている陽気な祈りでも矯正することはできないと思う。もしできるとすれば、それは自分の徹底的な努力による以外ない。だって、偉そうに、親しげに、すてきな小さな神さまに、ちょっとここにきてぼくのやらかした不始末をなんとかしてくださいなんて、頼めるはずないもの。そんなこと考えただけで、吐き気がする。だけどこんな調子じゃ、人のうわさが災いして、この現世で、ぼくはどん底に転げ落ちてしまうかもしれない。そうならないように、前に向かって進まなくちゃ。ぼくはここにきてからいままでずっと必死に、人間の悪意、恐怖、嫉妬、非日常的なものに対する異様な嫌悪に広く対応しようとしてきた。この軽率な発言は、双子――ウォルトとウェーカー――には読んできかせないように。ブーブーにも、まだ早いかもしれない。いつまでもおぼえてるだろうから。だけど、ぼくは気持ちがすぐ表情に出るいまいましい顔に涙を流しながら認めざるをえない。人って、ついしゃべってしまうんだよね。今日では、それくらいだれでも知ってる。

もしこの前の段落が読みづらいとか、いらいらすると思ったらごめん。すごく速く、恐るべきスピードで書いているんだ。だけど、もちろん字はめちゃくちゃ読みづらいと思う。あと五分か十五分で夕食なんだ。それまでに書けるだけ書くことにする。初級クラスのバンガローでは夜、ばかばかしいことに犬みたいに十時間も寝なくちゃいけないことになっていて、九時になるといきなりまっ暗になる。ぼくは何度かミスタ・ハッピーに文句をいったんだけど、いまのところ効果なし。ああ、あの人は本当に腹立たしい。あの人と話しているとだれでも怒るか、ヒステリックに笑うかのどちらかだと思う。どちらも時間のむだだけど。父さん――心からお願いする――あの人に短くて、愛想のいい、簡潔な手紙を書いて、こういって。最低限の知性のある人間なら、十時間の睡眠なんて愚かしい決まりだってことくらいわかるだろうって。もちろん懐中電灯はあるけど、この十時間睡眠の規則は不便でしょうがないんだ。懐中電灯じゃ暗いし、気分も落ちこむ。

ぼくって本当にばかだよね。キャンプ生活のことでこんな暗くて湿っぽいことばかり書いちゃって。おかげで、快適で素敵なことを書きそこねるところだった。いままでいやなことばかり書いてきたけど、毎日は、幸せと、感覚的な喜びと、楽しみと、愉快ではじけるような笑いで満ちているんだ。思いがけないときに、たくさんのかわいい動物たちが飛び出してくる。シマリスや毒を持っていないヘビ。だけどシカはみかけない。父さん、こんなことしていいのかどうかわからないけど、ヤマアラシの針を何本か同封するね。死んでたんだけど、病気で死んだんじゃないと思う。ほら、父さんは前々から、爪楊枝がやわらかくてすぐに折れてしまうっていってたじゃない。これならだいじょうぶだよ。見渡す限り、あたりの風景はまるで魔法でもかけられたのかと思うほど素晴らしい。どこからどこまでもそうなんだ。それに、うれしかったことがある。本当にびっくりしたんだけど、それはバディが正真正銘の自然好きだってわかったんだ！　自分の目が信じられなかった。バディがこんなふうに育つなんて。ぼくも田舎の風景が大好きだけど、あれほどじゃない。本音をいうと、冷たく、悲しいほど非人間的な、ニューヨークやロンドンみたいな大都市から離れると、ぼくは本来の自分でいられなくなるんだ。一方、バディはこれから先、大都市のしがらみから永遠に離れていくだろう。それはだれだってわかる。あとほんの数年で、バディはぼくたちの手から離れていってしまうと思う。みんなにみせてあげたいよ。草木の生い茂った森のなかをバディが走るところを。ここの偉い人たちが子どもたちを好きにさせてくれるとき、バディは息をのむほどすばしっこく駆け回る。まさに抜きん出た、愉快で猛々しいインディアンの伝令だ。夜になるといつも、ふたりだけの痛快で悲惨な時間が待っている。いまいましいほど伸び放題のブラックベリーやその他の草木のとげで傷だらけになったバディの、こわばって、びくびくする体に、ぼくがヨードチンキをべたべた塗ってやるんだ。ぼくたちはここにくる前に、食用になる植物やその他の植物についての、おもしろいけど平凡な本を十冊ほど楽しく読んで、それがとても役に立っている。何種類も立派な料理が作れるようになったんだ。こっそり、アカザや、イラクサの若芽や、スベリヒユや、季節最後の柔らかいゼンマイなんかをステンレスの飯盒《はんごう》のふたをフライパンの代わりにして蒸し焼きにしてみた。これには悲しいほどどうしようもないグリフィス・ハマースミスも参加した。のびのびした環境にいるときのグリフィスの食欲は半端じゃなくて、みていて心配になるくらいなんだ。そうそう、この空っぽ頭が忘れてしまわないうちにいっておかないと。バディから、母さんに伝えておいてといわれたことがあった。罫線の入っていないメモパッドをもっと送ってほしいって。それからアップルバターとコーンミールも。ぼくたちがだれにも邪魔されないで、快適でのんびりした食事ができるときのバディの主食はコーンミールなんだ。覚えておいて。バディはコーンミールから栄養をとっているといっていいくらいだってこと。あの小さな体は不思議なことにコーンと大麦がとても合っているらしい。ほんとにね。バディも時間ができて、そのつもりになったら、すぐに手紙を書くと思う。ああ、バディはほんとにいそがしいんだ！　いくら思い出そうとしても、バディがこんなにいそがしくしているところはいままでみたことがない。もう新しい短編を六つも書いたんだ。それもあちこちにユーモアがちりばめられている。主人公はどこか外国で刺激的な冒険をしてもどってきたばかりのイギリス人の男の人。みていてほれぼれするんだけど、五歳の男の子が、かわいらしい小さなお尻を椅子にくっつけて、夢中になってすごい速さで、それも鋭い視点で書くんだ！　誓ってもいいけど、バディはそのうちきっと手紙を書く。ぼくは毎晩、父さんと母さんがあの子を世界に送り出してくれたことを心から感謝している。素敵なふたりがこんな子を作ってくれたのはぼくにとって、どんな言葉でも言い表せないくらい感動的だ。このことは、ぼくがクリスマス休みのあとほっとしていたときに、ちらっと目にした、とても不愉快な出来事を考えると、いっそう感動的でありがたく思えてくる。だって、あの関係――父さん、まだそこにいる？――前世でのぼくと父さんの関係は、うわべは親密そうにみえるものの、じつは不和できしんでいたことがわかったんだから。気が向くままに続けると、ぼくのほうは、そこそこの詩を二十五作ったんだけど、あんまり気に入っていない。そのあと作った十六はいいところもあるものの、傑作とはいいがたい。その他の十編は、ウィリアム・ブレイクやウィリアム・ワーズワース、あるいは急逝したことがぼくにとってナイフで突き刺されるほどつらい、ひとりかふたりの天才の詩を無意識に真似たもので、ひどいできだ。ぼくの詩は大体において、不出来で恥ずかしくてたまらない。これだけははっきりいえると思うんだけど、この夏ぼくが書いたもののなかで唯一、自分が興味を持てる詩は、結局、書かずじまいになった詩だ。父さんがラサールから高い料金を払って電話をかけてきてくれたとき——おぼえてる?——ぼくは、バディやほかの子といっしょに一日、ウォール養魚場にいたといったよね。そこへいく途中、サンドイッチをおなかいっぱい食べたのがカルボーン・ホテルだった。人気のある上品なホテルで、若いかわいい新婚のカップルがよく使うところだよ。ぼくとバディとグリフィス・ハマースミスが湖のまわりを散歩していると、ひと組のカップルが笑いながら楽しそうにしていた。当然、ぼくはこの見知らぬふたりの若い恋人に思い切り感動して、詩を書きたくなった。カルボーン・ホテルの百万人目の花婿が百万人目の花嫁にふざけて水をかけている詩をね。ぼくはロングビーチやほかの有名なリゾート地で、若いカップルが同じようなことをしているところをみたことがある。母さんも、そんなささやかな光景をみれば、頭か心の一部で、それを楽しんで、わくわくして、ほほえむんじゃないかな。だけど、ぼくがいままでに読んだ有名な詩で、こんな光景が描かれたものはひとつもなかった。ただ、ぼくが書いたってろくな詩にならないし。この話はちょっと面倒だから飛ばすことにしよう。さて、こんなことはうちの家族と、あとはせいぜいミス・オーヴァーマンにしかいわないんだけど――ミス・オーヴァーマンにはちょっと気をつけたほうがいいよ。あの人は、残念なことに、内緒のことを人に話さないではいられない性格らしいから――ぼくもバディもタップの練習のあと、イタリア語の勉強をしてて、それからスペイン語の復習もしてる。とてもわかりやすくて、しょうもないヒントだけど、なにかごほうびがあると、すごくうれしい。

父さん、あのいまいましいラッパの音にわずらわされずに数行書けると、すごくほっとするし、すごくうれしくて、つい夢中で書いてしまうんだ。もしこの手紙を読むのにうんざりして、正直、退屈してきたら、すぐにやめていいよ。全然、気にしなくていいから。間違いなく、ぼくは父さんの善意と父性と、悪名高くユーモラスな忍耐心に甘えているんだ。母さんはやさしいから、きっと、手紙の続きは簡単にまとめて伝えてくれると思う。父さんは好きに煙草を吸って、ぼくのつまらない、面倒くさい手紙なんかほっといて、いま泊まっているどこかのホテルのロビーに下りて遊んでいればいい。良心の呵責なんか感じることなく、ぼくの絶えることない愛を感じながらね。ビリヤードかピノクル〔訳注　ふたりから四人でするトランプのゲーム〕なんか楽しいんじゃないかな！

ぼくのほうも勝手に続きを書くから。ぼくたちはバンガローの仲間にはまだあまり好かれていない。とりわけ、ダグラス・フォルサム、バリー・シャーフマン、デレク・スミス・ジュニア、トム・ランタン、ミッジ・イミントン、レッド・シルヴァーマンなんかには受けが悪い。トム・ランタンて、すごい名前だよね！　こんな名前で一生暮らしていくって、いったいどんな感じなんだろう。ただ残念なことに、この子は自分の持っている灯りはつけないことにしているらしいから、こんなに明るい名前もまるで役に立たない可能性が高い。こんな言い方はひどいかもしれないね。ぼくはしょっちゅう、口にできないひどいことを考えている。なんとかしてこれを直そうとしているんだけど、この夏はこの癖をおさえることができない。トム・ランタン、きみが「灯り」をつけていようがいまいが、神さまのご加護がありますように！　このぼろいバンガローの二階に「地の塩」と呼ぶべき男の子がいる。どんなにほめてもほめ足りないくらいいい子なんだ。暇なときには、板の薄い階段を駆け下りてきて、ぼくたち、父さんと母さんのだめな子といっしょに時間をつぶしてくれる。その子はユーモラスに、開けっぴろげにいろんなことを話す。ニューヨーク州トロイ——オルバニーのむこうにある大きな村らしい——にいる友だちや知り合いや敵のことをね。まぎらわしい表面に惑わされることもなく、大体において、人生と人間性を素晴らしいと考えている。その子の勇気に触れると、胸が張り裂けそうになるし、心が砕けそうなくらい切なくなる。だって、ここでは、ぼくたちにむかって、やあ、と声をかけるだけでも途方もない勇気が必要なんだから。言い忘れていたけど、ぼくとバディは最近、仲間はずれにされているんだ。その子の名前はジョン・コルブといって、八歳半だから中級クラスのはずなんだけど、中級には空きがなかったから、おかげで、ぼくたちはこの混雑したキャンプ場で騎士道精神あふれる相手と会うという特権にめぐまれることになったというわけ。どうか、彼の名前をいますぐ、そしてこれから先も心に刻みつけておいて！　ただ残念なことに、話題がなんであっても五分以上つづくと、この怖い物知らずで行動的な少年は死ぬほど退屈してしまう。そしてふとみると、愉快なことに、愛嬌があってやさしい顔がバンガローから消えているなんてことになってしまう！　ぼくは将来、何年でもこの少年の役に立つつもりでいる。だって、ぼくがなぜ頼むのかその理由もきかないで、こう誓ってくれたんだ。大人になってもウィスキーも、ほかのお酒も絶対に口にしないって。だけど、ぼくはまったくいやなやつで、悲しいことに、そんなこと無理じゃないかと考えている。だって、その子はお酒を飲んで心地よくぼーっとする傾向があるような気がするんだ。いくつかの「灯り」をつけて、必死にそれにあらがえば、アルコールの誘惑をはねつけることはできると思う。だけど、やさしすぎるうえに、我慢強くないから、必死に頑張るのは無理かも。ぼくたちはその子のニューヨーク州トロイの住所を教えてもらった。だから、その子が危機的な状況に陥ったとき、ぼくがまだ生きていたら、ニューヨーク州トロイまで飛んでいく。絶対に手遅れにならないようにね。そしてもし必要とあれば、全力を尽くすつもりだ。そのためには、ぼくのほうが神経を麻痺させるために少しお酒を飲まなくてはならないかもしれない。だけど、わかってほしいのは、ぼくもバディもこの子を心から愛しているってこと。この子の心にはこれっぽっちの偏見もないんだ。ああ、八歳半の勇敢な少年なんて、感動的だと思わない？　とっても皮肉で耐えがたいことなんだけど、勇敢な人間は、見た目以上に守ってあげる必要がある。ぼくはひざまずいてきみの、詩に歌われてはいないけれど高貴な足にキスをしよう、トロイ生まれのジョン・コルブ、心やさしいヘクトル〔訳注　トロイア戦争における トロイア最高の勇士〕の弟！

ほかのことも書こう。ぼくたちはチャンスがあればちゃんとほかの子たちと活動している。しょっちゅうスポーツをしているし、ほかの活動にも参加しているし、心から楽しんでる。ぼくもバディも限られた種目ではあるけど、かなりスポーツが得意だってことはラッキーだった。たとえば、野球。アメリカ大陸でもっとも感動的で素晴らしいこのスポーツにおいて、ぼくたちが飛び抜けて秀でていることは、どんな敵も否定することはできない。これに関して、ぼくたちはうぬぼれてもいないし自慢してもいない。だって、これは前世からのユーモアに満ちた贈り物なんだから。ぼくたちは球技ならどんなものでも、ちょっと本気を出せば、かなりいい線までいける。けど、球技以外は、残念ながら、だめなんだ。スポーツやほかの活動の話はさておき、数人の生涯の友ができた。まったくの偶然なんだけどね。ただ、母さんにいっておきたい。ぼくたちの親であるということは大変だと思うけど、お願いだから、いくつかのことに、決してひるむことなく、まっ正面から取り組んでほしい。ひとつふたつ、困ったことが持ち上がっているんだ。いま、この瞬間、いっておくから、母さんの頭のなかの絶対にメランコリックでないところに隠しておいて。万が一に備えてね。それは、ぼくたちが生きている間、数え切れない人間が、ぼくたちの顔がちらっとみえただけで怒り狂って、敵意をむき出しにするってこと。いい？　顔をみただけでだよ。それも、ぼくたちが変人だとか、しょっちゅう相手を怒らせるとかって理由じゃなくて！　おもしろいと思えなくもないけど、胸が悪くなるくらい落ちこむことが、この短い人生で何百回も起こると、そういってばかりもいられない。だけど、ぼくたちは自分たちの性格を飛躍的によくして磨きあげていこうと考えている。だから毎日、よくある傲慢さや、表面的なうぬぼれや、どうしようもない感情の大きな波を矯正しようとがんばってるし、その他、どうしようもない欠点も直そうとしてる。そうすれば、そのうちぼくたちの顔や評判だけで、まわりの仲間が敵意や殺意を感じることも少なくなると思うから。こういった努力が実を結ぶことを期待しているけど、目を見張るような効果があるとは考えてない。正直いって、状況を客観的にみるかぎり、そんなことはとても期待できそうにないから。といっても、このキャンプ場をそんなにひどいところだなんて考えなくていいよ！ 楽しみも、慰めも、気晴らしも、いくらでもあるし！ 父さんも母さんも、いまそっちにいないふたりほど、頑固でいまいましい子どもに会ったことはないと思う。激しい怒りとすさまじい敵意のなかで、ぼくたちは幼いながらに、忘れがたいワルツを踊っているんだ。そのワルツは、父さんや母さんだって、ひねくれた想像力を働かせれば、まるでルートヴィヒ・ヴァン・ベートーヴェンが死の床で作曲した唯一のワルツみたいなものだとわかるかもしれない！ すごく生意気なことをいっているけど、ぼくはちっとも恥ずかしいとは思わない。ああ、望みさえすれば、どんな人間でも自分にしかきこえないシンプルなワルツから、途方もなく、ぞくぞくするような自由を得ることができる！ じつは、朝ベッドから出るとき、必ず遠くのほうから指揮棒で指揮台を二度たたく音がきこえてくるんだ！ その遠方の音楽とともに、冒険とロマンスがぼくたちふたりに押し寄せてくる。すると好奇心がうずきだして、わくわくしてくるんだ。ありがたいことに、ぼくたちはいままでに一度だって、無気力に見舞われたことはない。こんな希望に満ちた祝福に唾を吐きかける必要はない。こんな幸運以上のなにを望むだろう。数少ない仲間から多くの素晴らしい友だちをつくる能力くらいかな。ぼくたちが死ぬまで、心から愛して、無益な害から守ってあげたくなるような友だち。そしてぼくたちを愛してくれて、万が一ぼくたちをがっかりさせるようなことがあれば心の底から後悔するような友だち。がっかりさせて平気でいる連中よりずっといいし、ずっとうれしいし、ずっと愉快だ。こんなどうでもいい、つまらないことを書いているのは——いわないでもいいだろうけど——みんなのいい思い出になるかもしれないと考えてのことなんだ。ぼくたちが時ならず死んだとき、その前か後にでも思い出してみて。それまでは、気にしたり落ちこんだりしなくていいよ。それからもうひとつ、元気を出して、陽気で楽しく心に留めておいてほしいからいっておくと、ぼくたちは前世の創造的な才能を引き継いで生まれてきたことを感謝しているし——それがいいことかどうかはちょっと疑わしいけど——ありがたいと思っている。それをどう使えばいいのかは、まだよくわからないものの、しっかり役に立っているからね。ただ、それは本当にゆっくりとしか成長しない。この能力はここでのタップの練習のあと、最高に強くなることがわかった。手に負えない脳がようやく横になって、いい子になって、頭の働きがようやくおとなしくなって、まったく騒ぎ回らなくなるとき。そんな幕間のひととき、すばらしい「灯り」のなかで活動し始める。そのことについては、今年の五月、母さんにこっそり話したよね。仲良くキッチンでおしゃべりしてたときに。ぼくはまさにその感動的な活動を、母さんたちがぼくに与えてくれたすばらしい人物であり仲間でもある弟のなかにみている。さっき書いた「灯り」がとても強いとき、ぼくは次のことを確信して眠る。ぼくたち、つまり母さんの子どもであるバディとぼくは、このキャンプのすべての子どもや指導員たちとまったく同じように、まともで、愚かで、人間的なんだということを。そしてとても愛おしく、滑稽なことでもあるんだけど、ぼくたちにも、普通の人たちと同じような、好ましくも、平凡で悲しい無知な部分があるということを。ああ、一片の疑いもなく、自分が本当は普通の凡人だということを自覚すれば、なんと多くの可能性と推進力がみえてくることだろう！　しかし、ぼくたちが非凡な美へほんの少しでものめりこんで、一時的でもいいから心を正しく持ったうえで、自分たちはほかの子と同じように普通の人間なんだということを忘れずにいて、だからといって、きれいな初雪が降るとき、ほかの子みたいに舌を突き出さなくたってかまわないことを心得ていれば、いったいだれが、ぼくたちが現世でささやかな良いことをすることを妨げられるだろう？　ぼくたちが力を尽くして、できる限り目立たないでいれば、だれがそれを妨げられるだろう？　「口をつぐめ！　前進しろ、しかしだれにも告げるな！」、ツァン・サンダップ〔訳注　イギリス作家タルボット・マンディの小説に出てくるチベットのヨギ〕はそういった。その通りだ。しかしそれを行うのはとても難しく、一般にはとても嫌われている。

　正直に暗い側面をざっと書いてきたけど、残念ながら、もうひとつ書かなくちゃいけないことがある。もし父さんと母さんがまだホテルのロビーに遊びにいってないなら、いっておきたい。ふたりの子どもはかなり高い確率で、本来自分の責任ではない痛みを経験するという、残酷な資質をさずかっているんだ。ときには、見ず知らずの人の代わりにそういう目にあうこともある。相手はたいがいカリフォルニアかルイジアナの怠け者で、会ったこともしゃべったこともない人間。ここにいないバディに代わって、ぼくからもいっておくけど、ぼくたちは自分たちの機会を利用して義務を全うするまでは、現在のこの興味深く滑稽な体のあちこちに小さな傷を負わないわけにはいかない。残念なことに、この痛みの半分はそれを避けている人や、それをどう扱っていいかよくわかっていない人が負うべきものなんだ！　だけど、母さんと父さんにいっておくけど、ぼくたちが機会を利用して義務を全うするときは、良心に恥じることなく、ちょっとした気分転換の気持ちでこの世を去ると思う。それまで感じたことのない気分でね。もうひとつ、父さんと母さんの息子バディ――もうすぐもどってくると思う――に代わっていっておく。名誉をかけていうけど、原因はなんであれ、ぼくたちはどちらかが死ぬときには、もうひとりが必ずその場にいるはずだ。ぼくの知る限り、間違いない。別に暗い話をしているわけじゃない！　だって、どう考えたって、明日そんなことになるはずがないんだから！　ぼくは最低でも、手入れのいい電柱くらい、つまり三十年かそれ以上は生きると思う。そういっても、だれも笑わないよね。ふたりの息子のバディはもっと長く生きるはずだ。それは喜んでいいと思う。母さん、この幸せな間に、父さんに次の部分を読んでもらって。父さんがロビーかどこかの楽しい場所からもどってきたときでいい。父さん、お願いがある。せめて時間に余裕のあるときは、ぼくたちのことでいらいらしないで。ぼくたちをみて神経質になったり憂鬱になったりしないで。ぼくたちをみて、父さんが子どもの頃にまわりにいたような子どもたちを思い出して、心から喜べないのは当然なんだから。暗く落ちこむことはよくあるだろうけど、そういうときはすぐに思い出してほしい。ぼくたちはそもそも完璧にふつうの少年だってことを。ぼくたちがそうでなくなるのは、何かちょっと重大なことや、大変なことが起こったりしたときだけなんだ。ああ、これ以上、父さんをこんな話で悩ませるようなことはしないけど、正直いって、さっき大ざっぱにそっけなく書いたことを取り消すことはできない。だって、その通りなんだから。それに取り消したところで、それが父さんにとっていいことかどうかわからない。ぼくが軟弱で臆病だったせいで、父さんは前世で二度、同じような問題に直面することを怠ったよね。ぼくは、父さんがその痛みを繰り返し味わうのをみるのに耐えられるかどうか、わからない。先延ばしにされた痛みは、最もいまわしい体験だと思うから。

気分転換に、陽気で元気になれるニュースをひとつ。ぼくでさえ、びっくりするようなニュースなんだ。今度の冬か、そのすぐあとの冬に、父さんと母さんと、バディと、これを書いている本人は全員、とても充実した重要なパーティに出ることになる。ぼくとバディは、仲良くふたりで出席するかもしれないし、どちらか一方だけ出席するかもしれない。このパーティは夜、開かれることになっていて、ぼくたちはとても太った男の人に会うことになっている。その人は時間のあるときに、ぼくたちにいささか直接的なビジネスとキャリアを提示してくれるはずだ。それはぼくたちの魅力的な歌やタップのことがからんでいるんだけど、もっと大きなこともふくまれている。その太った人はぼくたちを雇うことで、ぼくたちの平凡で平均的な子どもの生活や、楽しい子ども時代を大きく変えるつもりはないと思う。だけど、自信を持っていうけど、表面的な大変動は必ず起こる。ただ、それはぼくが垣間みた未来の半分にすぎない。こっそり本心を打ち明けると、ぼくにとってはあとの半分のほうがずっと心にかなっているし、安心できるんだ。あとの半分は、びっくりするようなバディの姿をみせてくれる。それは何十年か先の姿で、不安そうで心やさしい幼い少年の姿はかけらもない。そこでバディは、まさにこのパーティのことをタイプしているんだ。彼の前にはとても大きくて黒光りする、感動的なほど立派なタイプライターがある。バディは煙草を吸いながら、ときどき手を組んで頭の上に置く。考えこみながら。疲れ切ったポーズ。白髪まじりの頭。おそらく、いまの父さんより歳上だと思う！　両手の静脈が浮き上がっている。この話はバディにはしていない。その理由のひとつは、バディはまだ幼くて、大人の貧相な手に偏見を持っているからだ。まあ、こんな感じになると思う。こんな奇妙な情景をみると、普通の人なら驚いて、何もできなくて、その目でみたことを、自分の愛すべきやさしい家族に話せなくなるかもしれない。しかしぼくは、そんなことはない。ぼくはそんなとき、めまいをおこさないように深呼吸をする。ぼくにとって何より衝撃的なのはバディの部屋だ。そこではバディの幼い夢が完璧に実現されている！　天井にはとても美しい窓がひとつ。ぼくの知る限り、バディが驚くべき読書経験から想像し、憧れていた窓だ！　それから、バディのまわりには、とてもうまくしつらえた棚があって、本や、道具や、メモパッドや、削った鉛筆や、高価な黒光りするタイプライターや、その他、わくわくするような物が置いてある。ああ、まったく、バディがその部屋をみたら大喜びするだろうな。間違いない！　これまでいろんな未来を垣間みてきたけど、こんな、手放しで喜べる最高の光景はめったになかった。すごく無茶な言い方だと思うけど、その光景が実際に自分の人生で最後に目にする未来の光景だとしても、いっこうにかまわない。だけど、ぼくの心には、気になってしょうがない小さな門がふたつある。それについては去年、話したよね。その門はまだ開いたままなんだ。あと一年か二年が順調に過ぎてくれれば、状況が変わるかもしれない。もし自分でなんとかできるんだったら、喜んでその門を閉めてしまうだろう。ほんの三、四回だけど、こんなふうに未来のバディの部屋をみたことがあるんだ。そんなときは、未来を垣間みてしまって頭が変になりそうになったり、心をかき乱されたり、両親を困らせてしまったりしたけど、まあ、こんな特殊能力にもそれなりの価値はあると思うこともある。ちょっと想像してみてよ。まだ五歳のバディが、世界中のすべての鉛筆に心を奪われている男の子から一瞬のうちに、成熟した、日焼けした作家になっているところを！　はるか未来の心地よい雲の上に寝転んで、そばには果肉のしまったおいしいリンゴがあって、この重要で充実したパーティについてバディが書く文章を一語一語ていねいに読むことができたらどんなに素晴らしいだろう！　この天才少年が、成熟した、日焼けした作家になったとき、まず書いてもらいたいのは、ぼくたちが家を出発した問題の晩の、リビングにいた人たちの美しい姿勢だ。世界で最も美しいのは――パーティかカジュアルなレストランに出かける大家族についていえば――リビングにいるみんなが、準備に手間取っている人を待っているときの、のんびりした様子やいらいらしている様子だ！　白髪まじりの遠い未来の作家に、ぜひリビングにいるみんなの美しい姿を描くところから始めてほしいと思う。ぼくの考えでは、小説を始めるにあたって、これほど美しい場面はない！　名誉にかけていうけど、あの夜の出来事を最初から最後までながめることは、醒めた喜びを与えてくれるはずだ。本当にすごいと思うんだけど、それなりの忍耐と、根気と、圧倒的な力をもって待っていれば、この世界でほどけた紐の両端は、それぞれに相手をみつけることができるんだ。これって、とても美しいと思う。父さん、もしロビーから帰ってきているなら、きいて。父さんが神とか神意とか——父さんが怒ったり不快に思ったりしなければ、どう呼んでもいいけど——そういうものを信じてなくて、真剣に考えていないのは知ってる。だけど、この蒸し暑い、ぼくの人生で記念すべき日、名誉をかけてこういいたい。煙草一本に火を付けることさえ、宇宙の芸術的許可が気前よく与えられなければ不可能なんだよ！許可というと大ざっぱすぎるかもしれないけど、煙草にマッチで火を付けるまえに、だれかが気前よく、うなずかなくちゃならないんだ。この言い方もまだ大ざっぱすぎるのは、よくわかってる。ぼくは確信しているんだ。神さまはやさしくて、人間の顔をしてうなずくことができる、そんなふうに考えて神さまを崇拝する人がいるからね。だけど、ぼくは神さまが人間の顔をしているとは考えたくない。もし神さまがぼくのために、効果があるかどうかわからないのに、人間の顔をつけたりしたら、ぼくは背を向けて歩き去るだろう。もちろん、これは誇張で、神さまの前から歩き去ることはできない。ほかの人にはできても、ぼくには無理だ。命がかかっていたとしてもね。

おもしろいことに、いまぼくはここに静かに座って、いきなり、だれもいないバンガローでひとり、泣きだしちゃった。すすり泣き始めたといったほうがいいかもしれない。すぐに泣きやむのはわかっている。だけど、思ってもいないタイミングで、いままで生きてきたうちの七十五パーセントから八十パーセントくらい、自分が退屈な少年だったということに思い当たるのは、すごく悲しくて、つらい。ぼくはみんなに、親にもきょうだいにも、長々しくて退屈な手紙を押しつけている。それもぼくの大げさな言葉と考えがいっぱい詰まっている手紙を。言い訳をしておくと、それはみかけほどぼくが悪いわけじゃないと思う。ぼくくらいの頼りなく、経験も少ない子どもっていうのは大体が大げさで、無趣味で、やめておけばいいのにあれこれひけらかしたりしたがるものなんだ。神さまに誓ってもいいけど、自分でもそういうところを直そうとしている。ただ、とてもしんどくて、自分が心から信頼できる最高の先生がいないと無理なんじゃないかと思う。もしそういう最高の先生がいなかったら、自分のなかにそういう人を置くしかないけど、それはぼくみたいな臆病者にとってはとても危険なことだ。ただの見え透いた言い訳だけど、ぼくはここに一日横になって、父さんや母さんの顔を思い浮かべていたんだ。それからきょうだいの生き生きとした顔も忘れられない。つまり、みんなに会いたくてしょうがない状況なんだ。「拘束具はいらない、休息がほしい！」〔訳注　詩画集『天国と地獄の結婚』より〕あの素晴らしい詩人ウィリアム・ブレイクはそう叫んだ。その通りだ。だけど、素晴らしい家族や素敵な人たちにとってそれは簡単なことじゃない。みんな少し神経質になっているか、あるいは倒れそうなくらいくたびれているかだからね。だって愛情深い長男とその弟が拘束具みたいなやつなんだから。

ぼくが横になっている理由はちょっとおもしろいんだ。ここまできてまだ書いていないけどね。いや、書きたくないわけじゃない。じつは昨日、ささいな不運が次々に起こったんだ。朝食のあと、初級、中級クラスはイチゴ摘みにいくことになっていた。たぶん、季節最後のチャンスだったんだと思う。ところが朝のうちに、ぼくは脚にけがをしちゃったんだ。ぼくたちは何キロも何キロも先のイチゴ畑までいったんだけど、乗り物というのが小型の、おんぼろの、旧式な、腹立たしい荷馬車で、ひどいことに、馬が四頭は必要なはずなのに二頭しかいない。その荷馬車の木の車輪の車軸から変な鉄の金具が突き出ていて、それがぼくの太ももというか大腿部にたっぷり五、六センチ突き刺さった。ぼくたちは、ぬかるみにはまってしまったおんぼろ荷馬車を引っ張りだすところだった。前の日にすごい雨が降ったせいで道がひどい状態になっていて、とてもイチゴ摘みどころじゃなかった。いきなり大騒ぎになって、ぼくは急いで五キロほどもどったところにある診療所に連れていかれた。それもミスタ・ハッピーの、持ち主同様、不愉快なオートバイで。何度か、瞬間的におもしろいことがあった。まずなにより——書きたくないけど——ぼくはどうしてもつい、ミスタ・ハッピーをばかにして傷つけてしまう。自重するよう努力はしているものの、あの人をみると、ぼくが何年もまえに自分のなかから追いだしたはずの、どこかに隠れている悪意がかき立てられてしょうがないんだ。いわせてもらえば——ろくな言い訳になっていないのはわかってるけど——三十歳の男が、体も小さくて役にも立たない子どもたちに、ぬかるみからぼろ荷馬車を引っぱり出す手伝いをさせることなんかなかったんだ。四頭、いや六頭くらいの元気のいい馬にでもやらせるべき仕事だ。ぼくの悪意はヘビのように飛び出してくる。ぼくはオートバイに乗って診療所にいくまえに、こういってやったんだ。ぼくとバディは両親と同じ、経験を積んだ才能ある歌手でダンサーなんだ、まだアマチュアだけどね。だから、父さんに訴えられて、賠償金を払わせられて、破産するかもしれないよ。感染症か、出血多量か、壊疽《えそ》か何かでこのいまいましい脚を失うことになるかもしれないんだから。ミスタ・ハッピーは、そんなばかな話には聞く耳をもたないという振りをしていた。まあ、ばかな話なんだけど。ただ、ぼくの言葉は運転には影響をおよぼしたらしい。診療所に着くまでに二回ほど、ぼくたちは死にかけたからね。ぼくの観点からいわせてもらうと、この事件は最初から笑い話みたいだった。幸運なことに、事件が滑稽でばかばかしいとき、ぼくは大量の出血をすることがない。だから、ぼくとしては、この状況がユーモラスだったから出血が止まったと考えている。もちろん、おんぼろバイクのシートが止血点に押しつけられていたということも考えられる。ぼくの止血点は普段からとても弾力性が高く、脈も普通だからね。いうまでもなく、ミスタ・ハッピーはキャンプに参加している児童――彼にとっては、申しこみ書とお金にしかみえていない――の血が新しいバイクの後部座席や、シートや、ホイールや、フェンダーや、タイヤにつくことは絶対にいやだと思っている。自分の血だったら、なんて考えるはずもない。ミセス・ハッピーの血だったらなんて考えることはなおさらない。他人の子ども、それも変わり者で、醜い、滑稽な顔の男の子の血なんかに人間としての絆を感じるなんてありえない。

笑っちゃいそうなほど粗末だけど、清潔といえなくもない診療所で、ミス・カルゲリーが傷を消毒して包帯を巻いてくれた。ミス・カルゲリーは資格を持った若い看護師で、年齢はわからないけれど、魅力的でもないし、かわいくもない。ただ、こざっぱりして、スタイルがいい。キャンプの指導員全員、あと上級クラスの何人かが、大学にもどるまえに肉体関係を持とうと頑張っている。よくある話だ。彼女はとても口数が少なく、健全な判断を自分で考えつく資質も能力もない。そしていろんな表情を浮かべてみせるけど、このキャンプ場では自分以外に男性の相手ができそうな美人はいないと勘違いをして興奮している。ミセス・ハッピーは数に入らないからね。診療所では落ち着いていて、控えめで、受け答えはてきぱきしているので、面倒な状況でもあわてないようにみえる。だけど、それは悲しいほどうわべだけで、実際にしゃべる内容は最低。たぶん、頭を置き忘れて生まれてきたんだと思う。いまぼくがみる限り、頭はないみたいだね。診療室と同じく食堂でも、声だけはクールで知的にきこえるから、さっきも書いた指導員や上級クラスの連中もなかなか手を出せないって感じ。ここの男連中ときたらみんな、若くて、とても健康で、仲間内ではすごく下品で、多感な女性——とくに古典的美人でない場合——に対しては異様なほど熱心ときている。こんな状況は危険だしやっかいだと思うけど、ぼくにはどうしようもない。ひと目見れば、彼女は子どもとも大人とも打ち解けて話したことがないのはわかる。だから、この件に関しては、ぼくは手も足も出ない。だけど、あと丸一ヶ月ある。ぼくが親だったとしても、彼女を守れるかどうかはわからない。処女性というのは、間違いなく、ややこしい問題だ。ぼくはこの問題については本で詳しく読んだことがあるけど、そこに書かれていた考えは明らかに疑問だし、真剣に議論する必要がある。ただ、それはここではどうでもいい。ここで問題なのはミス・カルゲリーが——おそらく二十五歳で、能なしなのに、有能で良識を備えているかのようにきこえる声を持っている——自分自身の美しい処女膜という重要な事柄について、自分の名誉をちゃんと考えつつ、先を見通して判断する立場にないってことだ。これがぼくの率直な意見だ。もちろん、残念なことに、ほかの人の率直な意見とくらべて、すぐれているわけでもないし、説得力があるわけでもない。本当に、気を引き締めていないと、次々に出てくる率直な意見で頭がおかしくなってしまうよ。大げさにいってるんじゃないんだ。結局、このあいまいで当てにならない価値観がいつまで有効なんだろう。というのも、これって、どう考えても感動的で人間的なものだから、しかるべく検討し、尊重し、是認すべきものなのに、付き合う仲間や一時的な状況が変わればそれまでの価値観が吹っ飛んでしまうからね。母さんはぼくによく、なぜあなたはそんなに必死に頑張るの、間抜けな犬みたいよ、というけど、以上書いてきたことが、ぼくが頑固に頑張る理由なんだ。まずなにより、ぼくは一家の長男だ。だから、ときどき口を開いて、とんでもなく厚かましく、当てにならない言葉以外の何かがいえれば、それって役に立つし、うれしいし、わくわくする！　残念なことに、ぼくは第一級の間抜けな少年で、これを書きながら少し泣いている。幸いなことに、泣く理由はたっぷりある。もし処女であるかどうかなんて個人的な見解に過ぎず、尊重すべき確固たる事実ではない、なんてぼくが考えていると母さんが思いこんでいるんだったら、それはお気楽で安易な勘違いだし、大きな間違いだよ。「大きな」という言葉はずいぶん意味が広いから、むちゃくちゃ的外れといいかえてもいい。尊重すべき確固たる事実が、個人的な見解の親戚——それ以上に近いかどうかはさておき——でなかった例には出会ったことがない。簡単に説明するからちょっと我慢してきいて。たとえば母さんがマチネをみていい気分で帰ってきて、玄関のドアを開けたぼく——あなたの頭のおかしな息子、シーモア・グラース――に、真剣な顔でこうたずねたとする。双子ちゃんをお風呂に入れてくれた？　ぼくは大きくうなずいて、うん、入れたよと返事をする。ぼくの確固たる個人的な見解によれば、それはぼくが、やせていてつかみづらいふたりをバスタブに入れて、石けんで体を洗うんだよ、床中に水を飛ばしちゃだめだよ、シャワーの勢いに気をつけるんだよ、といったということを意味する。ほら、ぼくの小さい手はその仕事をして、まだぬれている！　となると、母さんが望んだように双子がお風呂に入ったということは、尊重すべき確固たる事実だといいたくなる！だけど、それはちがうんだ！　双子が家にいたということさえ、尊重すべき確固たる事実だとはいえない！　というのは結局、次のような疑問が頭をもたげてくるからだ。そもそも、おしゃべり好きで、耳の形が面白い、かわいくてしょうがない双子なんて、これまで一度でもうちにいたことがあるんだろうか？　この美しく腹立たしい世界で何かを尊重すべき確固たる事実と呼ぶという、じつに疑わしげな満足を得るためには、ぼくたちは機嫌のいい囚人のように、目や手や耳や、単純で哀れな頭脳から提供される頼りない情報を百パーセント信用する以外ない。そんなものが価値判断の確固たる基準になるんだろうか？　冗談じゃない！　たしかにそれは間違いなく感動的なものではあるけど、確固たる基準になるわけがない。それは、哀れな人間の感覚器や頭脳を盲信することにほかならない。「仲介人」という言葉があるけど、人間の脳は有能な仲介人だ！　そしてぼくは、この世の仲介人は一切信用しないよう生まれついた。たしかに、不幸なことだと思うけど、このことについての楽しい真実とやらはこれっぽっちも語る気になれない。ところが、ここで、愚かなぼくの胸のなかにいつもある不安の核心にぐっと近づくことになる。ぼくは仲介人とか、個人的見解とか、尊重すべき確固たる事実とかはまったく信じてないくせに、正直いうと、どちらも度を超して好きなんだ。ぼくはどうしようもなく感動してしまうんだよ。とびきり素晴らしい人たちが、この魅力的で当てにならない情報を、人生の哀れな瞬間瞬間に受け入れているその勇気にね！　ああ、人間って本当に勇敢な生き物だと思う！　地上最後の哀れな卑怯者さえ、言葉では言い表せないくらい勇敢だ！　人間の当てにならない感覚器や脳を、魅力的で表面的な価値そのままに受け取るんだから！　そして同時に、これは間違いなく、悪循環だ。ぼくは悲しいけど、もしだれかがこの悪循環を断ち切ったら、それは全人類への親切で永続的な贈り物になると思う。だけど、人はしばしば、そんなことを急ぐ必要はないと考えてしまう。人は、このデリケートな問題を考えるときほど、自分が愛している魅力的な相手から遠ざかることはない。不幸なことに、ぼくの場合は急ぐ必要がある。現世で生きられる時間が少ないからね。時間が潤沢にあるようで、ある意味、ほとんどないともいえる現世で、ぼくが探し求めているのは、この問題の、高潔にして心温まる解決法なんだ。だけど、このやっかいな問題はここまでにしよう。無数の面のひとつをちょっと引っかいた程度だけどね。

ミス・カルゲリーは包帯を巻くのはとても下手だったけど楽しそうだった。そして巻きながら、冷静でうわべだけは有能そうな話しぶりをするところは、こっちもちょっと自制しないと、お酒でも飲みたくなりそうだった。ミス・カルゲリーは手当を終えると、へんてこな松葉杖を持たせてぼくをバンガローに送り返して、ハプワースの町からお医者さまがくるから待ってなさいといった。その医者はハプワースに住んでいて、腕が確かかどうかはわからないけど、夕食のすぐあとにやってくると、ぼくを診療所に連れていって、太ももの傷を十一針縫うといった。ここで不快な問題が持ち上がった。いいかげんにして、といいたくなる。麻酔をかけるといわれて、ぼくは、いいえ、結構ですといったんだ。まず何よりも、ぼくはミスタ・ハッピーのろくでもないバイクに乗せられている間に、太ももの痛みが脳に伝わる回路を遮断した。それは純粋に自分のためだ。この手段を使ったのは、去年の夏、あごの骨と唇を痛めたささやかな事故以来だ。人はときどき、何か特別なことを学ぶと、もうこれっきり、それを使うことはないだろうと残念に思うけど、ちょっと辛抱して待っていれば、必ず使える状況に出くわすものだ。ぼくはここにきてから二度も、巻き結びをした。巻き結びを使うことがあるなんて思ってもなかったのに！　ぼくが、いいえ、麻酔は結構ですというと、医者は、ぼくが見栄を張っていると思った。そしてミスタ・ハッピーも、医者の腹立たしい意見に賛成した。ぼくはまるでばかみたいに、痛みの回路を遮断したことを実証してみせなくちゃいけなかった。いらだちを我慢しているのがみえみえなふたりを相手に、自分もきょうだいも、よくわからない理由で意識を失わされるのはいやなんだ、と口で説明するのはもっとばかばかしいからね。このことについては、もうひとついいたいことがある。意識のある状態はぼくにとって――理由ははっきりしていないけど――とても重要なんだ。数分間、ミスタ・ハッピーとどうでもいい議論を激しく交わしたのち、ぼくは意識のある快適な状態で傷を縫合してもらえることになった。母さんはこんな話、ききたくなかったよね。それはこないだの経験からわかってる。ただ、ぼくにとってとても都合がよかったのは――ユーモラスに書くと――ぼくの顔を好きといってくれるのは母さんくらいしかいないって事実だ。なにしろ鼻の形が変で、あごが貧弱だからね。もしぼくが顔立ちのはっきりしたハンサムな少年だったら、医者は間違いなく、ぼくに麻酔をかけたと思う。もちろん、これはだれが悪いわけでもない。自分なりの意見や頭脳を持っている人間は、理解できるものであれば、どんなにささいな美にも反応する。ぼく自身、絶望的なほど反応してしまう！

縫合するあいだ、バディは幼いからという理由で、手術をみるのも、そばにいるのもだめだといわれた。手術が終わると、ぼくはさっさとバンガローに連れもどされて、ベッドに寝かされた。すごくラッキーなことに、診療所のベッドは全部埋まっていたんだ。数人の熱のある子どもとぼくは、診療所のベッドが空くまでバンガローで待つことになった。これはぼくにとって、もっけの幸いというやつだ。おかげで汽車から下りて初めて、いろんな意味で完全な休養日をもらえることになったんだから。それはバディもまったく同じだった。というのは、ミスタ・ハッピーから、ぼくの世話をするためにいろんな行事に参加しなくていいという許可をもらったから。許可をもらえるかどうかあぶないところだったんだけど、ミスタ・ハッピーは結局、バディと面とむかって話をせずにすむほうがいいと考えたらしい。なにしろ、あの人はバディの相手をするのがすごく苦手だからね。ふたりの間には笑ってしまいそうなくらい険悪な雰囲気が漂っているんだ。それは月曜日の検査の日から始まった。月曜の検査なんて、ここにきている子どもたち全員にとって、絶対に許せない侮辱だと思うんだけど、ミスタ・ハッピーは、ぼくたちがバンガローで気を付けをしているところにやってきて、激しい調子でバディを怒鳴り始めた。ベッドの毛布やシーツのたたみ方がなってないっていうんだ。自分が歩兵だったあのいまわしい戦争で、おまえたちのために奇跡的な勝利をおさめたときのようにきちんとやれというんだ。そしてぼくの目の前でバディにむかって、不必要な侮辱の言葉をいくつか投げつけた。父さんと母さんの息子バディは、自分の身は自分で守れるという顔をしていたから、ぼくは止めに入ることも、侮辱の言葉をやめさせることもしなかった。バディはいつでも自分を守ることができるとぼくは信じていて、このときも例外じゃなかった。とても冷静で、ミスタ・ハッピーにキャンプ仲間の前で怒鳴られ、恥ずかしい思いをさせられている間ずっと、あの素晴らしく表情豊かな目で、とてもユーモラスなことをやってみせた。瞳をかわいい黒い眉毛のほうに思い切り寄せて、死んだような白目をみせたんだ。初めてみる人は、気持ち悪くてぞっとすると思う。ミスタ・ハッピーも初めてだっただろう。びっくりして、あわてたのは間違いない。そそくさとその場を離れ、そのかわりミッジ・イミントンのベッド検査にかかると、たったいま目にしたことには一切触れず、自立心の強いバディに減点を追加することも忘れてしまった！　ああ、バディは五歳とは思えないくらい、才能豊かで愉快なやつなんだ。お願いだから、この幼い弟を思いきり誇りに思ってよ！　もうすぐここに帰ってきて、この手紙に何行か書き足すと思う。しばらくは、ミスタ・ハッピーにもっと親切に、やさしくしてあげるようバディに言い聞かせなさい、なんて絶対にいわないで。これはやさしさの問題じゃないんだから。これはバディにとって、向かってくる敵から自分と自分の人生の仕事を——敵に痛手を負わせることなく――守るのに、いつ才能を使うかという問題なんだ。
ちょっと、何日間か何時間かの休憩を！　純粋な哀れみと礼儀をもって、この手紙を終えようと思う。ぜひいっておきたいんだけど、父さんも母さんもきょうだいもみんな、すごくやさしくて立派だから、ぼくみたいなどうしようもないやつを息子として、兄として持つなんて申し訳なくてしょうがない。だけど、ぼくにはどうしようもない。みんなに会いたい気持ちは、言葉にできないくらいだ。こういうときは、珍しく言葉のありがたみを感じるよ。母さん、どうかさっき書いた嚢胞の治療のことを考えてみて。それから、お願いだから、公演の合間、移動の途中では寝て休むように。ほかの理由もあるけど――いまこんなことをいう権利なんかぼくにはないことを承知でいうよ――なにより、母さんは休息が足りなくて疲れ切っているとき、無性に舞台の仕事をやめたいと思う。だけど、そんなにあわててやめないでほしいんだ。ぼくたちがこのあいだ話し合ったように、鉄を打つなら熱くなるまで待ったほうがいい。だって、二十八で素晴らしい舞台生活に終止符を打つってことは、これまで何年も素晴らしい経験を積んできたのに、運命を相手に時を得ない戦いを挑むことになる。時を得れば、運命にびっくりさせるような手をくわせることもできる。だけど、そうでないと、悲しいことに、普通、失敗するし、それも致命的な痛手をこうむることが多い。あのとき、冷静にじっくり話し合ったじゃない。新しい、かっこいいガスレンジが届いた日だよ。舞台に立っているときと、激しい運動をしているとき以外は、ぼくのいった時間だけでいいから、絶対に左の鼻の穴で呼吸するようにして、ほかのときは右の鼻の呼吸にもどるようにして。さあ、少し復習してみよう。まず正しい鼻の穴での呼吸を始めるには、片手のこぶしを反対側の脇の下にそっと当てて軽く押してやる、あるいは、使う鼻の穴の反対側を下にして数分間、寝るだけでもいい。もう一度いっておくけど――嫌々やってもらってもいい――めんどくさいなという気持ちがたかまってきたときには、こんなに複雑な人間の体を作った神さまに、心のなかで敬意を払ってみてよ。この計り知れないアーティストにちょっとでいいから、心からの感謝を捧げるのはそんなに難しいことじゃないと思う。神秘的にも振る舞えるし、まったく神秘的でないふうにも振る舞える、そんな自由な相手に会ったら、尊敬したくなるのは当然だ。ああ、これがぼくらの神さまなんだ！　新しい台所機器が届いて、いっしょに喜んでいるときにいったように、この鼻呼吸のことも――呼吸や視力や聴力やほかのいまいましい機能に関して、神さまに完璧で完全な信頼を寄せた瞬間に――忘れてしまうことがある。だけど、ぼくたち人間はしょせん人間で、その種の信頼に関してはじつにいい加減だ。一日のうちの、あまり絶望的でない時や状況においても、常にそうなんだ。神さまを心から信頼するという、この怠慢――ずいぶんいい加減なことなのに感動的でもある――その償いをするためには、ぼくたちのやっかいだけど気の利いた工夫に頼るしかない。ただ、その工夫自体、ぼくたちのものじゃないというところがまた、ユーモラスで素晴らしいところだ。このやっかいだけど気の利いた工夫というのもまた、神さまのものなんだからね！　これはぼくの過激な考えにすぎないけど、ただ衝動的に口走っただけでもないんだ。

この先、手紙がそっけなく、冷たく感じたら、ごめん。これからこの手紙を、言葉や表現を切り詰めて書くから。ぼくの文章の欠点は冗長なところだからね。冷たく、そっけなくきこえたら、思い出してほしい。これはぼくの文章の練習のためで、ぼくは父さんや母さんやきょうだいたちに対しては、冷たかったり、そっけなかったりすることはないってことを。絶対、そんなことないからね！

母さん、簡潔な文体で書こうとしているうちに忘れると困るから、たってのお願いをひとつ書いておくね。父さんとふたりで「バンバリーナ」を歌うときは、母さんにしかできないあの奔放な歌い方で歌って！　舞台の中央で、ちゃちなブランコに乗って、かわいらしいパラソルを高く上げて歌っているようにきこえる、完璧でありきたりな歌い方はだめ。あれをやってると、ゆっくりと知らないうちに、ジュリア・サンダーソン〔訳注　一八八七年生まれのブロードウェイ女優で歌手〕みたいになっちゃうよ。あの人が魅力的なのは間違いないけど、母さんは嵐のように挑発的で、最高に好感度が高くて、粗野だけど感動的で魅力的な情熱を秘めた、深い泉のような女優なんだ！　父さん、もどってきてるなら、父さんにもちょっとお願いがある。次のレコードを吹きこむときには、こうしてってお願いしたこと、あれを、絶対にやってほしいんだ。try や my や by と韻を踏む言葉や長音は、現状ではまだ危険であぶない！　目の前の物騒な暗礁みたいなものだ！　父さんは、お客さんの前で歌うときや、うちの暖炉の前での熱い議論で腹立たしそうにしゃべるときをのぞけば、訛りに気づかれることはない。気づくとしたらせいぜい、ぼくかバディかブーブーか、異様に敏感な呪われた耳を持った人だと思う。どうか誤解しないで。ぼく自身は、父さんの訛りがどうしようもなく好きなんだ。胸がどきどきしてしょうがないくらい。

だけど、これは、偏見なくきこうという余裕もなければその気もない多くの人びとの耳に、どうきこえるかということなんだ。一般の観客は、フランス、アイルランド、スコットランド、南部、スウェーデン、イディッシュなんかの訛りはちょっと変わっていていいと思ったり好きだったりする。だけど、純粋でストレートなオーストラリア訛りは、あまり歓迎しないみたいなんだ。実際、観客の興味も関心もそそらない。これは悲しむべき状況で、その裏には愚かさと気取りがあると思う。だからレコード録音のときは気をつけて！　父さんならできる。そしていやな気持ちにならず、過度な緊張を自分に強いることもなく、子どもの頃に知っていた立派で魅力的なオーストラリア人を、侮辱したり不快にさせたりしていると感じたりしないで歌えると思う。だから、録音のときは訛りを出さないようにして。もちろん、ぼくたち家族はみんな父さんのオーストラリア訛りが大好きなんだよ！　ぼくのこと、怒ってる？　お願いだから、怒らないで。この大切な問題において、ぼくがただただ関心を持っているのは、父さんが心の底から苦しいほど、そのうちすごいヒットを飛ばしてやろうと望んでいるってことなんだ。本当にごめん。もうこの生意気な話はやめるから。父さん、大好きだよ。

次は短く、いくつかのメッセージを双子とブーブーに。できればブーブーには自分で読むようにいって。父さんも母さんも手伝っちゃだめだよ。ブーブーは読めるはずなんだ！　あの素敵な黒い瞳の女の子は、その気になれば、ちゃんと読めるんだ！

ブーブー、つづりをまちがえないように、作文の練習をするんだよ！　字はどうでもいい！　ありきたりのいいわけをしないように！　まだ小さいからといって、うまく逃げようなんて考えないように！　マーティーン・ブラディやロッタ・ダヴィラや、ほかの四歳の友だちは、ちゃんと読んだり書いたりしなさいっていわれてないのに、とかいっちゃだめだ。ぼくは、ブーブーの友だちのうるさいお兄さんじゃないんだから。ぼくはブーブーのうるさいお兄さんなんだ。ぼくはブーブーに、何度か、こういったことがある。ブーブーは生まれつき本が大好きなんだ、バディやぼくと同じようにね。もしブーブーがそうじゃなかったら、ぼくはもう、うるさくいわない。そのほうが気が楽だしね！　本が大好きな子は、なるべく幼いころから読んだり書いたりするほうがいい。すぐに、そうしてよかったと思うはずだ。だって、ときどき絵はがきを送って、いまちょっと家を出ているかしこいバディやぼくを喜ばせてほしいもん！　いいかい、ぼくもバディも、本当にブーブーの書いた字が大好きだし、思いも寄らない表現の数々に感心しているんだ！　いつものように、ポストカードに活字体でふたことか、みこと書いて、ロビーにあるポストまで走っていってもいいし、お気に入りのメイドさんにわたしてもいい。それから、いいかい、ぼくのかわいい、いとしいミス・ベアトリス・グラース、マナーとエチケットをみがくように。人前だけじゃなくて、ひとりのときもね。人前でぎょうぎよくしているかどうかより、ひとりきりで部屋にいるときに、ぎょうぎよくしているかどうかのほうが、ぼくはずっと気になるんだ。ひとりのとき、鏡をのぞくことがあったら、輝く黒い目をした、びっくりするほどセンスのいい女の子が映るようにしてほしい。

ウォルト、母さんからメッセージをもらったよ。ぼくもバディもすごくうれしかった。内容はばかばかしかったけどね。ぼくたちはみんな、まだ小さいからといって逃げようとする。だけど、三歳だからというのは、ぼくたちが駅までいくタクシーのなかで話しあったいくつかの簡単なことをしないでいる言いわけにはならない。ぼくはいままで、三歳はまだ小さいからという古くさい意見や言いわけをきかされるたびに、大笑いしてきた！　そもそもウォルトは、ぼくがいままでに会っただれよりも、そういうかたよった意見を、思いきり大笑いしてやることができるはずだ！　ウォルトは「むちゃ暑くて」練習できないと書いてたけど、いつもタップシューズを履くようにね。食事中に足をテーブルの下に置いているときとか、いまいるホテルの部屋やロビーを歩きまわるときも。一日に二時間はかならず、そのすばらしい魔法の足にタップシューズをはくように！

ウェイカー、いばって、えらそうに、いつもと同じことをいうけど、暑くてもジャグリングの練習はさぼらないように！　むちゃ暑くてジャグリングができないときには、適当な大きさの、自分の好きなジャグリングの道具をポケットに入れておくようにね。とくに蒸し暑い日なんかは。ぼくもバディも、ウェイカーみたいな才能のある子が、ひと晩のうちに、自分の選んだ仕事をきっぱりやめようと決心したら、ほっとすると思う。だけど、ウェイカーはまだそんな決心はしていないよね。そのときまでは、自分の選んだ仕事から離れていいのは二時間か、せいぜい二時間半くらいだ！　タップシューズとジャグリングの道具は、ききわけのない、焼きもちやきの女の子だと思うといい。そう、二十四時間ずっといっしょにいてくれなくちゃいやと思っているんだ。ぼくとバディは、数えきれないくらいいやなことや不満でいっぱいのこの場所でも、そうしているんだ。もしこれが嘘だったら、それは神さまにたいする大きな罪だから、どんなにひどい罰を受けてもいい。だけど、ぜったいに嘘じゃない。ぼくはただ、ウェイカーとウォルターには、ぼくとバディができることくらいはできるっていいたいんだ。いいかい、ぼくとバディだって、いつどうなるかわからないんだから！

ブーブー、こんなことをいうのはぼくもすごくいやなんだ。だって、すごくいじわるでいやらしくきこえると思うからね。たしかに、ブーブーのマナーとエチケットは日に日にみがかれているといっていいと思う。だけど、ちょっと耳の痛いことをいわせてもらうと、それはブーブーがぜいたくで楽しいことが大好きだからなんだ。それに、母さんやぼくに、育ちのいい貴族の、上品な大人や子どもの出てくる本を読んでもらうのが好きだけど、そういう本はどれも、ちゃんとしたマナーを身につけているイギリス人や、趣味のいい服やきれいな部屋や、目につくところすべてにほんものの上流社会なんかが出てくる本だろ？ ああ、まったく、ブーブーは本当におかしくて、おもしろい子だ！ ぼくたち兄さんの心をあらあらしく、わしづかみにしてしまう！ ブーブーはぼくがこれまでにあちこちで会ったなかで数少ない大切な人だ。おそらく神さまから、深く悩まなくてもいいっていうおゆるしをもらっているんだろう！ それはすてきな、すばらしい祝福だし、それにけちをつけるつもりはまったくない。だけどブーブーは、ぼくという兄さんを持ってしまった。ぼくがこんなことをいっちゃいけないのはわかっているんだけど、ぜひいっておきたいことがある。もしブーブーが大人になったとき、人前での上品さや美しさがうわべだけで、部屋でひとりきりでいるとき、だれにもみられていないときは、うすぎたないブタになってしまう、そんな人間になってしまったら、これほどいやなことはない。そういうことをしていると、少しずつ、くさっていくよ。

もうこれ以上、わがまま勝手な王さまみたいなことは書かないことにしよう！　これで、みんなともしばらくお別れだ！　みんなに、ぼくたちのありのままの心を送る！

あっ、よかった。うれしいことに、もう一冊、メモ帳があった。気がつかなかったなあ。それからもうひとつうれしいことに、バディがぼくのかわりに借りてきてくれたグリフィス・ハマースミスの置き時計が、ネジを巻き忘れてて、昨日か、蒸し暑かった一昨日の時間のまま止まっているということがわかった！　だけど、なるべく手短にすまそう。きっとみんなもそうだと思うけど、ぼくの手と指もこの長い手紙のせいで反乱を起こしかけているところ。夜明け頃から始めて、トレイにのってきた食事を一回か二回食べたときに休んだだけなんだ。こういうのってうれしいなあ。ああ、こんなに長い自由時間がもらえるなんて！　こんなことってめったにない。

父さん、いいチャンスだから、いまいましいラッパが夕食を知らせて、大騒動が始まるまえに、長男と二男のために最後にもうひとつお願いを。思い切り簡単にすませるから。これからのぼくの文章が全体的に、非常にそっけなく、言葉足らずで、他人行儀で冷淡な印象を受けたら、それは、いままでに父さんの時間をかなり奪ってしまって申し訳なく思っているからなんだ。頑張って、これ以上、父さんの神経を疲れさせたり消耗させたりしないようにする。

父さんの巡業の予定表は、このへんてこな体から離したことはないよ。父さんにもらってからずっとね。いまこの瞬間、ぼくはそれを目の前のベッドの上掛けにおいてみてるところ。今月の十九日、父さんと素敵な母さん――掛け値なしに、悪魔みたいに足が速く、全大陸一の美女――はコート劇場――この劇場がいつまでも繁盛しますように――を出発してニューヨークへいくことになっている。ニューヨークではオルビー劇場――新聞にはブルックリンにあると書いてある――に出演する予定。ぼくもバディもこう思ってる。ぼくたちも、父さんや、母さんや、ほかのふたりのまだ無名の兄弟といっしょに、この夏、街から離れて、汽車やホテルの部屋や、その他のきゅうくつな宿泊所の蒸し暑さから逃れられればいいのにって。さて、冗談ぬきで、頼みたいことをそのまま書くね。快適なマンハッタンにもどったら、どうか、図書館のいつもの別館にいって、ぼくたちの愛とあいさつの言葉を、あの素晴らしいミス・オーヴァーマンに届けて。暇なときでいいから、彼女に図書館委員のミスタ・ウィルフレッド・G・L・フレイザーと連絡を取るように頼んでほしい。そうすれば彼はやさしいから、おそらくぼくたちがマンハッタンにいない間、ぼくたちが読みたいといった本をすぐにでも送ってあげようといってくれるはずなんだ。ミス・オーヴァーマンみたいな多忙な人に、こんなことをお願いするのはとても気が引けるんだけど、彼女はミスタ・フレイザーの夏の住所を知ってるんだ。彼はぼくたちが出発するまえに住所を教え忘れちゃったんだよ。もしかしたら、あれは軽い冗談だったのかも！　ミス・オーヴァーマンにこんなぶしつけなことを頼まなくてすむなら、喜んでそうしたい。彼女の自由時間を邪魔するのはいやだからね。ただ、この世界において友情は常に、見返りを求められ、個人的な利益に利用される、つまりいやなジレンマに陥っている。友情って、すごくユーモラスな側面もあるんだけどね。だけど、なにげなく彼女にこういってほしい。ミスタ・フレイザーが自ら進んで――普通ならそんなことはしないのに――ぼくたちに本を送ってあげようといってくれて、ぼくたちはびっくりした、って。どんな本でも、自分が送るか、自分が町にいないときにはきっと、だれかに送らせるよ、といってくれたんだ。友人か信頼できる親戚が郵送料を払ってくれると考えてるんだと思う。この件に関してはここまでにして、父さんとミス・オーヴァーマンに、お願いしたい本をざっとリストアップしておくね。ここはずいぶん田舎だから、こういう本が読めたらすごくうれしい。ミスタ・フレイザーは何冊までとかはいわなかったけど、もし多すぎると思ったら、ミス・オーヴァーマンにみてもらって、数を減らしてもらって。あの人の分別は感動的だから。さて、読みたい本は、こんな感じ。

『イタリア語会話』。R・J・エイブラハム著。著者は感じのいい、厳格な人物で、ぼくたちがスペイン語を習っていた頃からの友だちなんだ。

神さま、あるいは宗教に関する本なら、内容が偏っていても、偏っていなくてもだいじょうぶ。ただし、著者のラストネームがHよりあとで始まるものに限る。いや、Hで始まる著者のものも入れておいて。ほとんど読んだはずだけど、念のために。

素晴らしい、あるいはとびきり出来がいい、あるいはただ面白いだけの、あるいは残念ながら平凡だけどあまり有名じゃなくて、ぼくたちがあまり知らない詩集。詩人の国籍は問わない。ニューヨークのぼくの引き出しには――運動具と書いてあるけど――読んだ詩集のかなり長いリストが入っている。父さんがいよいよマンションの部屋を手放して、なかのものを冷たい倉庫に放りこんでないかぎりね。このことは、父さんが手紙で書き忘れたかもしれないし、ぼくもラサール・ホテルから電話をもらったとき、うれしくて聞き忘れたのかもしれないけど。

レフ・トルストイの全集。ミスタ・フレイザーは困らないけど、ミス・オーヴァーマンのやさしい妹さんは困るかもしれない。この人もいさぎよい、自立した未婚女性で、姉さんには「ベイビー・シスター」と呼ばれているものの、もうそんな年はとっくに過ぎている。妹さんのミス・オーヴァーマンはトルストイの全集を持っていて、ぼくたちにまた貸してくれると思う。いまでは、ぼくたちが本が大好きで、人から借りた本はとても大切にすることを知っているからね。このふたりの繊細なレディーをあまり刺激しないように、『復活』と『クロイツェル・ソナタ』は――それからたぶん『コサック』も――もう送ってもらわなくていいと、ちゃんと伝えて。この三つの傑作を再読する必要はないし、そのつもりもないから。ふたりはぼくと好みがちがうので、伝えてもらわなくていいけど、ぼくたちはとくにステパン・オブロンスキーと、ドリー・オブロンスカヤに再会したいと思っている。先日このふたりに会ったとき、ぼくたちは心をつかまれ、感動し、心から楽しんだ。このふたりは『アンナ・カレーニナ』に登場する夫婦で、じつに素晴らしい人物なんだ。それから、あの若く思慮深いヒーローは完璧に読者の心をとらえてはなさないし、その恋人にして未来の妻も同様。ただ、こちらのほうはかわいい子どもといった感じかな。まあ、ふたりともかなり未熟だけど。こんなところにいると、ぼくたちには余計に、彼のような魅力的な友だちが必要になるんだ。裏表のない親切な友だちがね。

『ガーヤトリー賛歌』。作者不詳。もしあれば、英訳に原典のうねるような言葉もついているものがいい。この作品は完璧に美しく、崇高で、すがすがしい気持ちにさせてくれる。偶然だけど、ブーブーに大切な伝言を思い出した。忘れないように書いておく。ブーブー、ぼくのかわいい妹！　寝るまえのお祈りなんだけど、ぼくがブーブーにせがまれて教えたあのお祈りはやめるように！　きいたらすぐに好きになると思うから、こちらの新しいお祈りにかえよう。ブーブーはこのごろ「神さま」という言葉が信じられなくなったみたいだね。新しいお祈りにすれば、それが解決できるよ。「神さま」という言葉を使わなくちゃいけないという決まりはないんだ。それが「つまずきの石」だったら、使わなくていい。これからはこのお祈りにしよう。「わたしは子どもです。いつものように、これから寝ます。『神さま』という言葉はいま、わたしの胸にささったとげです。この言葉をいつも使って、うやうやしく思い、おそらく心から大切に思っている人もいます。わたしの友だちのロッタ・ダヴィラとマージョリー・ハーズバーグもそうです。わたしはふたりのことを、いやな、すごい嘘つきだと思っています。わたしは名前のない、あなたに呼びかけることにします。わたしの思うあなたには形がなくて、特に目立ったところもありません。そしていままでずっとやさしく、すてきで、わたしの運命をみちびいてくれました。わたしがこの人間の体を借りてすばらしい生を生きているときも、そうでないときも。どうか、わたしが眠っているあいだに、明日のための、間違いのない、理由のある教えをください。あなたの教えがどんなものか、わからなくてもかまいません。そのうちいろんなことがわかってくると思います。でも、あなたの教えは喜んで、感謝して、しっかり守ります。いま、わたしは、あなたの教えがそのうち、効果と効能を発揮して、わたしを励まし、意志をかたく持つ助けになると考えています。でもそのためには、心をおだやかにして、心を空っぽにしておかなくてはならないそうです。なまいきなお兄ちゃんがそういってました」しめくくりは「アーメン」でもいいし、ただ「おやすみなさい」でもいい。どちらでも好きなほうを選べばいいし、自分の気持ちにぴったりするほうを選んでもいい。汽車のなかでぼくが思いついたのは、これだけ。だけど、なるべく早く伝えようと頭のなかにしまっておいたんだ。ただし、いやだったら、こんなお祈りはしなくていい！　それから、自由に、好きなように、いいかえていいよ！　もしこんなのいやだと思ったら、さっさと忘れて平気だから。ぼくがうちに帰ったら、またほかのを考えてあげる！　ぼくのいうことは絶対間違いないなんて、考えないように！　ぼくは本当に、間違いばかりやってるんだから！

ミスタ・フレイザーにお願いしたい本を、思いつくままに並べるね。

セルバンテスの『ドン・キホーテ』。大変でなければ前編と後編、両方。セルバンテスは本物の天才で、安易で安っぽい比較はとてもできない！　ミス・オーヴァーマンに送ってもらえるとうれしい。ミスタ・フレイザーは天才の作品をぼくたちに送るとき、必ず個人的なコメントをつけて、腹立たしい評価をそえて、恩着せがましいことを書いてくるんだ。セルバンテスに敬意を払って、無用な意見や、その他の不必要なたわごとなしで郵送されることを望む。『ラジャ・ヨガ』と『バクティ・ヨガ』、この二冊は胸を打つ、持ち運びに適した、とても小さい本で、ぼくたち平均的で活発な少年がポケットに入れるのに、もってこいの本だ。著者はインドのビベーカーナンダ〔訳注 一八六三〜一九〇二。インドのヒンドゥー教の指導者〕。この人は今世紀、ぼくが知りえた人のなかで最も刺激的で、独創的で、多才な巨人のひとりだ。この人への共感を超える巨人に出会うことはないだろうし、この人への共感を失うこともないと思う。本当だよ。もしカルカッタ〔訳注 現在のコルカタ〕かどこかのせわしい通りで、この人と握手できていたら、いや、せめて、尊敬をこめた短い挨拶をすることができていたら、人生の十年くらいは喜んで差しだしてもいい。この人は、ぼくが以前に書いた「灯り」のことをとてもよく知っているんだ。ぼくなんか足下にもおよばないくらいにね！　この人に会っていたら、ぼくなんか肉欲にとらわれた世俗的な人間に映ったんじゃないか！　こんな恐ろしい考えが、この巨人の名前が頭をよぎるたびに浮かんでしまう。とても神秘的で、悲しい体験だ。この宇宙の聖者と世俗的な人間をしっかりつないでくれるものがあればいいのにと思う。ぼくはこのギャップがいやでたまらない。ああ、耐えられない。また、あの不安がぶり返してきた。

初めての作家も、もう読んだ作家もいるんだけど、以下の天才、秀才の作品をなるべく小さい版で。

チャールズ・ディケンズ。全集だと、すごくうれしい。選集か数冊でもうれしい。ああ、尊敬しています、チャールズ・ディケンズ！

ジョージ・エリオット。ただし、全集でないほうがいい。この言葉を、ミス・オーヴァーマンとミスタ・フレイザーに伝えて、あとはふたりにまかせていいよ。ミス・エリオット〔訳注 ジョージ・エリオットは女性。本名はメアリー・アン・エバンズ〕の作品は、結局、ぼくにはそれほど迫ってこないんだ。だから、ミス・オーヴァーマンとミスタ・フレイザーにまかせるということは、ぼくが礼儀正しくふたりに敬意を払っていることの証明みたいなものかな。ぼくみたいな愚かな年ごろの少年にはそれがふさわしいし、こうしておけば大きな代償を払わずにすむ。ずいぶんいやらしい考え方だし、打算的といわれそうだけど、それはしょうがない。恥ずかしいけど、ぼくは信頼できない助言に対しては、つい非人間的な態度を取ってしまう。こういうときに使える、人間的で無難な方法がないか、必死に考えているところなんだ。

ウィリアム・メイクピース・サッカレイも全集でなくていい。ミス・オーヴァーマンに、ミスタ・フレイザーにはサッカレイについては好きなものを選んでもらうよう伝えて。いままでに読んだ二作を考える限り、悪くない。ミス・エリオットの場合と同じで、素晴らしいとは思うものの、心から敬服するところまではいかないんだ。ただ、もう一度ミスタ・フレイザーのご機嫌をとっておくのにちょうどいいと思う。まあ、うんざりさせられるかもしれないけど。自分のろくでもない弱点と打算的なところを、大好きな両親と、きょうだいたちの前にさらしているのは、よくわかっている。だけど、どうしようもない。それに、自分を本当の自分よりたくましい人間、いや少年のようにみせる権利はないし。どうみたって、たくましくなんかないんだから！

ジェイン・オースティンは全集でも選集でも数冊でも。ただし『高慢と偏見』は不要。もう持ってるから。この比類なき天才女性作家をいいかげんな言葉で汚すようなことはしたくない。以前、この作家については議論したくないといって、ミス・オーヴァーマンの気持ちを傷つけてしまった。ただ、悪いことをしたとはこれっぽっちも思ってない。どうしようもなくなったら、『高慢と偏見』に出てくるロージングズ館のだれかに会ってもいいけど、このユーモアのセンスのある素晴らしい、そしてぼくの大好きな天才女性についての議論に参加することはできない。いままで何度か、弱々しい人間的な努力をしてみたものの、一度も成功しなかった。

次はジョン・バニヤン。ぼくの文章がそっけなくて、ぶっきらぼうだったら、ごめん。だけど、この手紙を早く終わらせたいんだ。思い切り正直にいうと、ぼくは幼い頃、この人の作品をちゃんと評価していなかったと思う。読んでみて、作者は怠惰とか貪欲といったいくつかの弱さ——いやもっとたくさんあるかもしれない——そういったものを厳しく断罪して、情状酌量を認めようとしない人だと感じた。ぼくがこれまでに会った人のなかには、すごく魅力的でいい人で、とことんなまけ者なのに、いざというときに頼りになるし、子どもたちにとってもめったにないすばらしい遊び相手になってくれる人が何十人もいる。たとえば、怠惰で愉快なハーブ・カウリーさん。あの人、劇場の雑用係を次々にくびになってるよね！　あの怠惰なハーブ・カウリーさんが、一度でも頼られて、その期待を裏切ったことがある？　あの人のユーモアと陽気さは、よそからきた人たちの心のより所なんだ。ジョン・バニヤンは、神さまはこういったすばらしい長所を考慮に入れるはずがないというひどい偏見を持っていて、最後の審判でそういう人を厳しく罰すると思っているんだろうか。最後の審判は——率直にいわせてもらえば——日常生活で繰り返し行われていると思う。今回、バニヤンを再読するときには、生来の感動的で天才的な部分をみつけて、そこを味わうつもりだ。ただ、バニヤンの基本的な姿勢はどうしても受け入れられないと思う。ぼくにとっては厳しすぎるんだよね。すばらしい感動をもたらす聖書をひとりできちんと再読することは、逆境にあるとき、貴重な正気を保つのに大いに役に立つ。比類なきイエス・キリストがこういっている。「そうであれば、おまえたちも理想的な人でありなさい。天の父もまさにそうなのだから」〔訳注 マタイによる福音書第五章四十八〕。その通りだ。この言葉はとてもよくわかる。ところが、洗礼を受けたクリスチャン戦士であるジョン・バニヤンは、気高きイエス・キリストがこういったと考えているようなんだ。「そうであれば、おまえたちも完璧でありなさい。天の父もまさにそうなのだから！」ああ、これは間違いを絵に描いたようなものだ！　完璧であれなんて、だれもいってないよ。理想的というのは完璧とはまったくちがう。「理想」というのは人類の幸福のために大昔からずっと取っておかれたものなんだ！　ぼくはそれを、希望に満ちた、理にかなったゆるさと呼びたい。ゆるさ、ぼくはこのささやかな、ゆるさが大好きなんだ。これがなければ、なんの望みもなくなってしまう！幸い、ぼくの生意気な考えでは――頼りにならない頭脳の疑わしい情報に基づいているんだけど――望みがなくなるなんてことは絶対にないと思う。自分がどうしようもないような状況に陥ったと思えるとき、それは、全力を尽くして、その問題と取り組むべきときがきたということだ。もし必要なら、首まで血につかって、あるいは欺瞞や、無知による悲しみにつかって、しっかり時間を取って、次のことを思い出すときがきたということなんだ。ぼくたちの偉大な、理想的な神さまでさえ、いまいましいほどゆるいところをみせることがある。飢饉、表面的には不当にしか思えない幼い子の死、愛らしい娘や、美女や、不屈の勇士の死、その他、人間にはショッキングな矛盾にしか思えないような無数の過ちをおかしている。だから、もしぼくの意見が変わらなかったら、この不滅の作者、ジョン・バニヤンをこの夏、じっくり読み返すことはないだろう。さあ、思いつくままに、次の本を。

ウォリック・ディーピングは、それほど読みたいとは思わないけど、図書館の本館でたまたま会った、とても感じのいい人に強く勧められた。惨憺たる結果に終わることもあるものの、ぼくは絶対に、おそらく死ぬまで、とても感じのいい人——知らない人であっても——に心から勧められた本を無視することはできない。それはあまりにもったいないし、人間としてどうかと思うからね。結果はしばしばひどかったりするけど、それなりにほほえましい気もするんだ。

もう一度、ブロンテ姉妹を読みたい。本当にこのふたりは魅力的だ！　おぼえておいてほしいんだけど、バディはシャーロット・ブロンテの『ヴィレット』を読み終えてないんだ。そっと心をつかんでくれるこの本を読んでる最中にキャンプに出発する日が近づいてきたからね。みんなもよく知ってるように、バディは本に夢中になるほうだから、どうしてもしょうがないときでない限り、読書を中断するのががまんできない！　もうひとつおぼえておいてほしいのは、バディの性的な目ざめはかなり早い時期から始まっているということ。普通の人は戸惑いが先に立って、悲運の女性作家たちの作品に性的なものを求めることはないと思う。ぼくはいままで、シャーロット・ブロンテの作品にそういったものを求めたことは一度もない。だけど、考えてみると、彼女の作品はいまいましいほど心地よく、驚きに満ちているよね。

『中国の薬草学』。ポーター・スミス著。これは古い本で、古本屋にも出回っていない。内容はいいかげんで、あてにならないかもしれない。だけど、こっそり読んでみたい。そしてもしその価値があるとわかったら、ささやかな贈り物としてバディにも読ませたい。たぶんだれもわかってないと思うけど、バディは植物や植物学の知識を秘めてるんだ。そう、前世から受け継いだへらのような形の指にね。もし一生の仕事の妨げになりさえしなければ、まだ目ざめていないこの知識を下水に流すのはもったいない！　ぼくは二歳上の兄だけど、草や木に関してはまったく無知で、弟の言葉に耳を傾けるしかない！　グリフィス・ハマースミスとぼくにごちそうを作ってくれたときはともかく、バディはかわいい花をつけた草をみつけると、引き抜いて、根のにおいをかいで、ちょっとつばでしめらせて土を取らないと気がすまない。草が、バディの鋭い耳に、きいて、きいてと呼びかけるんだ！　残念なことに、この手の本――たいがいは英語で書かれたもの――は少ないうえに、不正確な解説と、根拠のない愚かな説明と、嘆かわしい迷信に満ちていて、とんでもない誇張も折り紙つきだ！　ぼくたちはバディの愛情深い家族なんだから、希望と歓迎の気持ちを持って、中国人の知識に目を向けよう。中国人たちは、立派なヒンドゥー教徒たちと、肉体や呼吸、そして人体の左側と右側の驚くべき違いに関する知識は同じものを持っているんだ。このことは未来へのすがすがしい希望を与えてくれる。ただしそれは、著者、ポーター・スミスがこの壮大なテーマに身も心も捧げていればの話だ。彼もまた、腹立たしい、うわべだけの素人で、この分野を快適なすみかとしているだけの人物かもしれない。だけど酷評するのは、ちゃんと読んでからでないとね！

この退屈でつらいキャンプ生活を乗り切るのに必要な数だけ、以下のフランス作家の作品を。作品それぞれの魅力に応じて勉強にもなるし楽しみにもなると思う。多めに送ってもらいたいのは、ヴィクトル・ユゴー、ギュスターヴ・フローベール、オノレ・ド・バルザック、というかオノレ・バルザック——この人はデビュー後、勝手に、貴族らしくみせようと「ド」を付け加えた。動機がとてもユーモラスで笑ってしまうんだけど、身分詐称だよね。貴族階級へのこういったユーモラスなあこがれがなくなることはないんだろうな！　この点に関して、生意気な意見をいわせてもらうと、あまりユーモラスな気持ちにはなれない。いつか、快適な雨の日、気分が向いたら、歴史が始まってからの意義ある革命の中身を考えてみてほしい。傑出した革命家の心の奥深いところには必ず貴族階級への羨望、嫉妬、飢餓感があって、食料をよこせ、貧困をなくせと叫んで戦っているのは、それを目新しい装いで巧みにカモフラージュするためだということがわかるはずだ。もしそうでなかったら、ぼくはこんな皮肉な考えを抱いたことで神さまに罰せられてもいい。残念なことに、この状況をすぐに解決する方法はまったく考えつかない。

さっきの三人の作品ほど多くなくていいけど、次のフランス作家のものも、勉強のため、また純粋な楽しみのために送ってほしい。ギ・ド・モーパッサン、アナトール・フランス、マルタン・レペール、ウジェーヌ・シューの作品から適当に。ミス・オーヴァーマンに頼んで、ミスタ・フレイザーにギ・ド・モーパッサンの伝記は入れないように伝えて。わざとでも、うっかりでも、入れちゃだめだからって。とくに、エリーズ・スシャール、ロバート・カーツ、レナード・ベランド・ウォーカーによる伝記を読むのは、口ではいえないくらい苦痛でつらかった。バディに、あんな年で、こんな苦痛とつらさを味わわせたくはない。ぼくもバディも生まれついての官能主義者だから、とくに性的な嗜好という問題についてはしかるべき徹底した注意が必要だ。だけど、バディもぼくも、剣で死ぬのと同じくらい、ペニスで死ぬのはごめんだと思っている。ぼくたちは真剣にこの性の問題について考えようとしている。これは本当だよ。ただ、ギ・ド・モーパッサンを官能主義者のよき見本と考えるのは違うと思う。そう考えたくなる気持ちはわかるけど。モーパッサンは、もし男性性器を乱用しなかったら、何かほかのものを乱用したはずだ。ぼくはモーパッサンを信用していない！　モーパッサンであれ、ほかの作家であれ、昼も夜も、低俗な皮肉を売りにしている作家は信用しないんだ！　ぼくのこのどうしようもない敵意は、偉大なる皮肉屋、アナトール・フランスにも向かう！　バディもぼくも、その他無数の読者も、彼に心からの信頼を寄せたあげく、したたかに引っぱたかれる！モーパッサンもフランスも、その程度のことしかできないなら、せめて礼儀正しく自殺するか、せめて親切心を発揮して、威力のあるペンを燃やすなりなんなりしてほしい！

ごめん。だめだよね、つい暴発しちゃった。弁護の余地はないし、弁解のしようもない。だけど、すべてを皮肉でとらえて、相手の顔を引っぱたくような書きっぷりはどうしてもがまんできないんだ。この点は直そうと努力しているんだ。本当だよ。だけど、まったく進歩がない。もう少し希望のある話題に移って、本のリストにもどろう。ミス・オーヴァーマンにマルセル・プルーストの全集を送ってと伝えて。フランス人作家はこれでおしまい。バディはいままで、この不快で破壊的な現代の天才にぶつかる機会はなかったけど、次第にその準備ができつつあるんだ。まだ幼いのは確かなんだけどね。ぼくはすでにちょっとその準備を進めてみた。図書館の本館で魅力的な文章を読ませてみたんだ。あのじれったい作品『花咲く乙女たちのかげに』からの引用をね。すると天性の読書家はそれを暗唱したいといったんだよ。「On ne trouve jamais aussi hauts qu'on aviat espérés, une cathédrale, une vague dans la tempête, le bond d'un danseur.」〔訳注　大聖堂も、嵐の中の波も、ダンサーのジャンプも、私たちが望んでいたほど高くはないものだ〕これをね。バディときたら、このフランス語をひとつひとつ、完璧に翻訳してみせた。ただひとつ、「波」という意味の「vague」をのぞいてね。そしてバディはその文の美しさに魅了された！　バディが、この比類なき退廃的天才のとりこになる頃には、様々な性的倒錯や同性愛的嗜好に出くわしても動揺することなく対処できるようになっていると思う。中級クラスにだって、もうその傾向はかなりはっきり出てきているし。これに関しては、正しいことをきっちり、厳しく教えるべきだと思う。ただ、どんなことがあっても、ミスタ・フレイザーには、ぼくがバディにプルーストの本を与えようとしていることは隠しておいて。目の前のとても危険な暗礁みたいなものだから！　ミスタ・フレイザーは、バディが幼いのにプルーストを読んでいるということを、普段の友人とおしゃべりで取りあげて、おもしろおかしく話すに決まってる。あの人はそんなふうにして、みんなの注目を浴びるのが大好きなんだ！　だけど、そんなことをされると、ぼくたちはそのうちこまったことになる。だって、ぼくたちが危険で無情な外の世界で、無害な普通の少年として振る舞おうとひそかに努力していることがばれてしまう！　ミスタ・フレイザーは根は親切で、いろいろ助けてくれるし教養もあるけど、とにかくおしゃべり好きなんだ。見えっ張りってわけじゃないと思う。幼い頃に自分らしさをおさえすぎた反動で、あんなふうになったんじゃないかな。考え深く、教養のある人なんだけど、独立心の強い子どもを話のネタにして注目を集めようとするのは、考えなしといわれてもしょうがない。これは悲しいし、残念なことだ。だって、元々善良なのに、自分の運命や人生で次々にのしかかってくる責任がどんなものかろくに考えないで、他人の生活を食い物にして寄生虫のように生きているんだから。ミスタ・フレイザーはとても魅力的だと思うことはよくあるし、基本的には好きな人なんだけど、ぼくの弟や、ほかの優秀で将来有望な隠れた天才少年に寄生するようなことはしてほしくない！　とんでもない悪影響しか生まれっこないんだから！　ぼくは人としてできるかぎり、どんなことをしてでも、バディには、無名でいるという、人としてとても貴重な体験をさせてやりたいんだ！

本のリストを思いつくままに続けるね。

アーサー・コナン・ドイル卿の全集。ただしシャーロック・ホームズとまったく関係ない作品はのぞく。『白衣の騎士団』なんかは不要。いまぼくは、すごく愉快で、はしゃいだ気分でいる。それはつい最近の、ある事件のせいなんだ！　水泳の時間、静かに湖で泳いでいたらきなり思い出したんだ。図書館本館にいるミス・コンスタブルは大作家ゲーテ全集が大好きだったってことをね。その静かな瞬間、あることに思いあたって、目を丸くしてしまった！　突然、なんの前ぶれもなく、自分がアーサー・コナン・ドイル卿の作品は大好きなのに、大作家ゲーテの作品はあまり好きじゃないことに気づいたんだ！　のんびり泳いでいるうちに、はっきりしてきた。ぼくは大作家ゲーテに心酔しているなんてことはまったくなく、一方、アーサー・コナン・ドイル卿——彼の作品——への愛は絶対に間違いない！　泳いでいるときに、こんなことが、いきなりわかってしまうなんて初めてだった。真実をかいまみてうれしくてたまらず、もう少しで溺れてしまうところだった。これがどういうことか、ちょっと考えてみて！　これって、あらゆる男性、女性、子どもは——まあ、せいぜい二十一歳か三十歳以上の場合——人生において何か重要なことか決定的なことをするときは、必ず自分の大好きな人——死んでいるか生きているかは関係なく——のリストと相談するということなんだ。頭にたたきこんでおくべきことがある。それは、自分がめちゃくちゃその人を好きだからという理由で、だれかれかまわずリストに加えたりしてはいけないということ！　作家、あるいは作家の作品が、愛や、いいようのない幸福感や、いつまでもつづく温かさをかき立てなかったら、その作家はあっさりリストから削除すべきなんだ！　そういう作家は別のリストに入れればいいし、それもまた素敵なリストになると思う。だけど、いまぼくが話しているのは愛のリストなんだ。ああ、それは素晴らしい、そして強力な自分だけの防具になる。それは、だれかとのとりとめのない会話や、熱い対話において、自分や友人や知り合いに対する欺瞞や虚偽を防いでくれる！　ぼくは暇な時間に、すごくたくさんそのリストを作ってきた。それは自分用のもので、いろんなタイプの人がリストアップされている。これがあるとどんなことができるか、思い切りわかりやすい例をあげてみよう。たとえば、父さんも大喜びすると思うけど、ぼくが蓄音機できいた人も、ステージできいたりした人もふくめて、ぼくがリストに書いたのはただひとりなんだけど、だれだと思う？　エンリコ・カルーソー〔訳注　イタリアのオペラ歌手で、メトロポリタン歌劇場でも大評判になった。またレコード録音も多い〕？　残念ながら、はずれ。うちの家族の声はそろって魅力的だから、もちろんのぞくとして、ぼくが大好きだと――心から正直に、巧みに自分を欺くことなく――いえる唯一の歌声の持ち主は、ぼくの比類なき友人、バック＆バブルズのミスタ・バブルズなんだ。ほら、クリーヴランドで、父さんたちの楽屋の隣の楽屋でひとり、小声で歌ってた人！　もちろん、エンリコ・カルーソーやアル・ジョルスンを軽くみているわけじゃない。だけど、事実は事実だ！　どうしようもない！　いったん、この手のすさまじいリストを作ると、これなしではいられなくなる。たとえばぼくの場合、誓ってもいいけど、ニューヨークにもどったら、一瞬たりとも、いろんなことを書きつけたリストを持たないで自分の部屋を出ることはないと思う。例外はリビングとトイレにいくときくらいかな。こんなことをして、これからさきどうなるのかはわからない。正直、不安だ。けど、世界の嘘が増えないですむなら、それは素晴らしいことだと思うし、最悪の場合でも、せいぜい、ぼくが愚かな少年で、結局、ろくな審美眼を持ってなかったことがわかってしまうくらいだ。ただ、ありがたいことに、そんなことにはならないと思っている。

さっさと次にいこう。世界大戦に関する、恥辱的で搾取的なところを徹底的にえぐった、容赦ない本を送って。自慢好きで、戦争をなつかしむ元軍人や、良心も才能も持ち合わせていない野心むきだしのジャーナリストの書いた物は却下。素晴らしい写真の載っているものも却下。年を取ると、素晴らしい写真にけちをつけたくなるらしい。

それから、おもしろそうで、つまらない本を二冊、簡単に包んでいっしょに送ってほしい。そうすればほかの——男女を問わず、天才、秀才、卓抜した控えめな学者による——本をけがさないですむからね。アルフレッド・アードンナの『アレキサンダー』とシオ・アクトン・ボームの『起源と思索』がいい。父さんや母さん、あるいは図書館のぼくの友人でもいいから、無理のない程度で、なるべく早く、暇なときに郵便で送って。どちらもつまらない、ばかばかしい本なんだけど、これをバディに読んでほしいんだ。現世で初めて、来年学校に入るまえにね。ばかばかしい本だからといって、はなからばかにしちゃいけない！　あまり気の進まない、いやな方法だけど、バディみたいな才能豊かな子に、日常の愚かさやつまらなさを直視させるための最も手っ取り早い方法は、おもしろそうで、愚かで、つまらない本を読ませることなんだ。二冊の無価値な本をさりげなく渡せばきっと、口をつぐんだまま、悲しみや激しい怒りのにじんだ声をきかせることなく、上手に感情をおさえて、目立たないようにしてあるけど、芯まで腐りきっていることがわかる、とはっきりいえるように、こう伝えることができる。「いいかい、この二冊の本はどちらも、それとなく、上手に感情をおさえて、目立たないようにしてあるけど、芯まで腐りきっている。どちらも、有名なにせ学者が書いたもので、ふたりとも読者を見下して、利用してやろうという野心を心密かに抱いている。この二冊を読んだときは、恥ずかしさと怒りで涙がにじんだ。あとは何もいわずに、この二冊を渡すことにする。これは神さまがくださった見本、それも腐りきった呪わしい知性と、見せかけだけの教育の見本だ。才能も人間的洞察もない駄作だ」バディには、ひと言だって余計な注釈を付け加える必要はない。この言葉もまた辛辣かな？　辛辣じゃないといったら、それこそ、冗談をいうなと笑われるだろう。とても辛辣だよね。だけど、逆にいわせてもらうと、父さんたちはこういった連中の危険に気づいてないのかもしれない。ひとつはっきりさせるために、ざっと手短に、アルフレッド・アードンナのほうを検討してみよう。彼はイギリスの有名大学の教授で、アレキサンダー大王の評伝を、分量は多いけど、ゆったりした読みやすい文章で書いた。そしてしょっちゅう言及するのが、自分の妻。彼女も有名な大学の優秀な教授だ。それからかわいい犬のアレキサンダー。あと、彼の前任者であるヒーダー教授。この人も長いことアレキサンダー大王の研究で生活していた。このふたりは長年、アレキサンダー大王をうまく利用して――金銭的な面ではどうか知らないけど――名誉と地位を得た。それなのに、アルフレッド・アードンナはアレキサンダー大王を愛犬アレキサンダーと同程度に扱っている！　ぼくはアレキサンダー大王も、その他のどうしようもない軍人もあまり好きじゃないけど、アルフレッド・アードンナはひどい。だって、さりげなく、不当な印象を読者に与えようとしているんだから。要するに、自分のほうがアレキサンダー大王より優れているといわんばかりなんだ！　それも、自分と、妻と、ついでに愛犬が居心地のいい場所にいてアレキサンダー大王を搾取し利用しているからできることだっていうのに。アレキサンダー大王がいたということに、これっぽっちも感謝していない。いまの自分があるのは、アレキサンダー大王を好きなように、うまいこと使う特権を得られたからだというのに。ぼくがこのいんちき学者を非難するのは、彼がいわゆる英雄や英雄崇拝を嫌っていて、わざわざ一章をアレキサンダーと、彼に匹敵するナポレオンに当て、彼らが世界にどれほどの害悪と無意味な血を流してきたかを示しているからじゃない。この論点はぼくも、正直いって、大いに共感できるからね。そうじゃなく、こんな大仰で、平凡な章を書くなら、せめて次の二点はおさえておいてほしいと思うからなんだ。これはちょっと議論する価値があると思う。だから、どうか、がまんして、無償の愛情を持って、最後まで読んでほしい！　いや、おさえておくべき点は三つある。

1．英雄的なことができる資質が備わっている人なら、英雄や英雄的行為をどんなに嫌っていても足元がぐらつくことはない。また、英雄的なことをする資質に欠けていても堂々と議論に入ることはできるが、その場合、徹底的に注意深く理知的で、体のすべての灯りをともすよう努力し、さらに神への熱い祈りを二倍にしなければ、安易な道に迷いこんでしまう。

2．人は、一般的な判断ができるくらいの頭脳を持っているのは当然。もしその程度の頭脳がないなら、皮をむいた栗でも十分に代替可能だ！　しかし自分の目でみることが重要だ。とくにこの種のこと、英雄や英雄的行為に関してはそれが必要不可欠といっていい。人間の頭脳は魅力的で、好ましく、じつに分析能力にたけているだけで、人間の歴史を包括的に理解したり――英雄的なことであれ、非英雄的なことであれ――その人がその時代に愛情や良心にかられて果たした役割を理解する能力はまったく持っていない。

3．アルフレッド・アードンナは、アレキサンダー大王の幼い頃の家庭教師がアリストテレスだったという事実をおおらかに認めている。それなのに、嘆かわしいことに一度も、アリストテレスがアレキサンダー大王に謙虚であれと教えなかったことを非難していない！

この興味深い問題に関して、ぼくがいままでに読んだ本では、アリストテレスが少なくとも、アレキサンダーが偶然手に入った王の衣だけを受け取って、その他のくそのようなもの——失礼——王の付随物は拒否するようにいったなんて、どこにも書かれてはいなかった。腹立たしい話はもうやめよう。神経がすりへってきちゃった。それにシオ・アクトン・ボームのいかがわしくて非常に危険な、才能なき、冷ややかな文学作品について語るつもりだった時間を使い果たしてしまった。ただ、繰り返しになるけど、ぼくは本当に心配でしょうがないんだ。もしバディが小学校に入学を許可されて、長く、とても複雑な正規の教育を受けたあと、こういう危険で、つけあがった、とことんありきたりの本を読むかと思うとね。

さあ、あとは——ユーモラスな表現を使えば——すっ飛ばしていこう。人間の回転、旋回についての示唆に富む本を送ってほしい。ぼくのつきることのないユーモラスな共感とともに、みんな、次のことを思い出してもらいたい。少なくとも、きょうだいのうち三人は、たがいに教えあったわけでもなく、だれから教えられたわけでもないのに、驚くべき速さで回転するというすばらしい習慣を身につけた。そして、人目を引くのは残念だけど、回転をすると、しばしば——いつもじゃないし、なぜかわからないけど——ちょっとした問題の解決方法とか、印象的な答えにいたることがある。だから、この習慣のおかげで、図書館ではとても助かった。ただし、だれにもみられないようにしなくちゃいけない。ぼくはもちろん、いままでに、この方法を多少なりともうまく活用した人びと——たとえばあの感動的なシェイカー教徒〔訳注 プロテスタントの一派で、体を揺することを礼拝に取りいれている〕とか——が、少数ながら世界中に広がったことを知っている。また、こんな興味深い話もある。驚異的な人物、アッシジの聖フランシスが仲間の修道士に、ちょっと回ってみてくれないかといった。それは重要な岐路にさしかかって、どちらにいくべきか迷ったときだった。もちろん、中世叙情詩人《トルバドゥール》にはビザンチンの影響があることは間違いないけど、こういう習慣がこの魅惑的な地球の一部に限定されるとは思えない。ぼくはもうすぐこの習慣をきっぱりやめて、これ以上の責任は心の別の部分にまかせるつもりだけど、この件に関する情報は多ければ多いほどありがたい。ほかの子たちが、それぞれの理由から、この習慣を続けて熟達することがあるかもしれないからね。まあ、そんなことはあり得ないと思っているんだけど。

さて、このリストを情け深くしめくくろう。程顥《ていこう》、程頤《ていい》兄弟〔訳注　中国北宋時代の儒学者〕か、ふたりみたいに豊かな才能に恵まれ、感動的なほど野心を持った人物によって書かれた宗教書を英語で読めるとうれしい。老子、荘子というふたりの比類なき大天才のあとに――ゴータマ・ブッダはいうまでもなく！――中国で宗教書を書くという不運にみまわれた人たちの書いた物をね。この件に関しては、ミス・オーヴァーマンやミスタ・フレイザーに遠慮することはないよ。ぼくがすでにそのへんのことは伝えてあるから。だけど、それなりの配慮はしたほうがいい！ミス・オーヴァーマンもミスタ・フレイザーも、神とか、宇宙の中心をなす混沌とかで悩んだことがないもんだから、ぼくがそういうことに夢中になっているのをみると、いかにも嘘くさい調子で同意する振りをするんだ。だからといって、ふたりが狭量だとか冷たいとか、そういうことじゃない。というのも、こんなことがあったんだ。あの著名なエドガー・センプルがミスタ・フレイザーに、ぼくには素晴らしいアメリカ詩人の資質がある――結局、その通りなんだ――といってくれた。ところが、ふたりときたら、そろって心配しはじめたんだ。ぼくが心から神さま――とても分かりやすいのに形のない存在――を崇拝しているということが、ぼくの詩人としての将来をぶちこわすんじゃないかって。これは、それほど見当外れな心配ではないと思う。だって、ぼくがすさまじい失敗をやらかして、友人や愛する人びとみんなをがっかりさせるという――ささやかだけど、致命的で、それでも冒す価値のある――危険性は常にあるんだから。そんな酔いがさめるような、不吉な可能性を考えると、目にいつもの涙が浮かんでくる。もしいま生きているこの素晴らしい現世の日々で、どこに自分の永遠の義務があるかが、はっきりと具体的にわかれば感動的だし、うれしい助けになると思う！　残念でたまらないのは――と書きながらも、心密かにほっとしているんだけど――こういうことに関して、ぼくの予感みたいなものはなんの助けにもならない！　ただ、最愛の形なき神さまが、なんの前ぶれもなく突然に現れて、魅力的で助けになる命令を下して、びっくりさせてくれる可能性は常に、かすかながらあると思うんだ。「シーモア・グラース、これをしなさい」とか「シーモア・グラース、わたしの幼く、愚かな息子よ、あれをしなさい」とかいってくれるかもしれない。なのに、ぼくはそのための準備がまったくできていない。いや、これはちょっと言い過ぎかも。ぼんやりと、楽しげに、それについて考えているときは十分、準備できているんだ。だけど、それがぞっとするほどいやでもある。そんな嫌悪感が、疑いの渦巻く心の底からわいてくる！　乱暴な言い方だけど、まったく形のない神さま、あるいは印象的で魅力的なひげをたくわえた神さまから、自分にだけうれしい命令をいただくなんて可能性を考えることは、悪臭ふんぷんたる利己的な思い上がりだと思う！　神さまが人を差別したり、だれかをひいきしたりしたら、それこそ、神さまへの心からの礼拝なんて面倒なことはやめてしまえばいい！　ひどい言い方だけど、ぼくはまだ幼くて感情的で、とことん無防備だから、人のえこひいきを、いやというほど経験している。そんなのを目にするのはいやだ。神さまは、ぼくたちすべての人間にすばらしい命令を下すか、まったくえこひいきはしないかのどちらかであってほしい！神さま、もしこの手紙を読んでくださるお気持ちがあったら、ぼくが本気で書いているということは決して疑わないでください！　どうぞ、ぼくの運命に疑わしげな砂糖を振りまかないでください！　ぼくだけへの魅力的な命令や、便利な近道なんか教えないでください！　万人に広く開かれていないエリート集団に入れなんて、いわないでください！　絶対に忘れていただきたくないのは、あなたの驚くべき、立派な息子、イエス・キリストをぼくが心から愛しているのは、彼が彼にとっての現世を生きていたとき、あなたがこれっぽっちもひいきせず、神の全権を与えたりしなかったからです！　あなたがちらりとでも、彼に全権を与えたとほのめかしたら、ぼくは悲しいけど、彼の名前を心から敬愛している人物のリストから抹消してしまいます。彼がいくら多くの様々な奇跡を行ったとしても。その多くは一般的な状況ではおそらく必要なものだったとは思うのですが、生意気な意見をいわせていただくと、どうもうさんくさいところがあるし、レオン・サンダイムやミッキー・ウォーターズのような、親切でやさしい無神論者にとってありがたくないものになっています。レオン・サンダイムはアラマック・ホテルのエレベーター係で、ミッキー・ウォーターズは定職のない素敵なホームレスです。間違いなく、いま、このぼくの頬を愚かな涙が伝っています。泣くよりほかに、この場にふさわしい選択肢がないんです。神さま、あなたはユーモアがあってやさしい。だって、ぼくが生半可な論法をこねくりまわして、人間の心と頭脳のことに夢中になっているのを許してくださるのですから。ああ、ありがたいことに、ぼくはあなたを理解できそうにない！　ぼくはあなたをますます愛するようになりました！　どうか、ぼくのあてにならないご奉仕がいつまでもつづきますように！

軽くひと息いれたところ。親愛なる父さん、母さん、愛すべききょうだいたち、文句ばかりきかせてごめん。だれもいないバンガローのむこう側の、ちょうどいい位置にあるトム・ランタンのベッドの上の窓から外がみえる。午後の太陽が輝いているのが感動的だ。もしかしたら、それはぼくの考えていることが輝いているからそうみえるだけなのかもしれない。だけど、はっきりした証拠があろうとなかろうと、輝いているものをみて感じる幸せを素直に味わわないのは、ときとして愚かだと思う。

ミス・オーヴァーマンとミスタ・フレイザーにお願いする本のリストが途中までになっていたけど、あとは簡単にまとめるね。

絢爛にして貪欲だったメディチ家に関する本、感動的な超越主義者たち——ここアメリカの——に関する本、それから、できれば派手な鉛筆の書きこみのない、モンテーニュの『エセー』のフランス語版とコットン訳を両方。モンテーニュは魅力的で、浅薄だけど楽しいフランス人だよね！　才気あふれる魅力的な人たちには、帽子を脱いで敬意を表したい。まったく、そういう人ってなかなかいないから、みつかるととてもうれしいんだ！

　古代ギリシア以前の文明に関するおもしろい本。ただし、ぼくがまえに着ていたレインコートのポケットにある文明のリストを参考にしてほしい。あのコート、残念なことに肩のところが破れていて、ウォルトが、外で着るのはいやだって、ユーモラスにいってたっけ。

　それから、言葉にできないくらい重要なことなんだけど、人間の心臓の構造に関する本ならなんでも。ただしぼくがまだ読んでないものに限る。最新のかなりコンパクトなリストが、ぼくのタンスの一番上の引き出しのなかの、ぼくのハンカチの下かバディのピストルのそばにあると思う。ありえないほど精確な図入りだとすごくうれしい。というのも、この比類なき、人体で最も素敵な器官の健気で素朴な構造を真剣に生き生きと描いた図はみて楽しいからね。ただ、結局、図そのものはそれほど重要じゃない。純粋に肉体的な特徴をカバーしているだけで、未知の最高の部分を説明してくれるわけじゃないから！　まったく残念でいまいましいことに、最高の部分というのは、あの奇妙で、ぞくぞくする、予期しない瞬間しかみられないんだ。そう、あの「灯り」がはっきりともっているときしかみられない。絵を描く才能に恵まれていない者は——ぼくにはまったく絵心がない——興味を持ってくれそうな親しい仲間に、その瞬間の心臓の様子を伝えることができない。これは、どう考えても、悲しい！　人体のなかでとくに優れたこの驚異の器官はみんなのものであって、この手紙を書いている取るに足りない子だけのものじゃないんだから！

目にみえるみえないは別として、人体のことが話題に上がったので、ついでに書いておくと、仮骨《かこつ》〔訳注　折れた骨と骨の間に成長して、ふたつをくっつける骨質物〕の生成について詳しく書かれた本を送ってほしい。だけど、そんな本をみつけるのはすごく大変だし、不可能かもしれないので、ミス・オーヴァーマンやミスタ・フレイザーには軽く頼んでみてほしい。だけど、もしこのあらがいがたい魅力のある本がみつかったら、ぼくは夢中になって読むと思う。とくに、人間の折れた骨をいやしながらくっつける作業については熟読すると思う。だって、仮骨は信じられないくらいよくできていて、いつ始めて、いつやめるかがちゃんとわかっている。それも骨折した人の脳からまったく指令を受けないのに。これもまた、奇妙な性質を持つ「母なる自然」のたまものだ。それにしても、いわせてもらうけど、ぼくはもうずっとまえから、「母なる自然」といういかがわしい言葉にうんざりしている。

この記念すべき年の二月、ぼくは言葉にできないくらい楽しいおしゃべりをした。それも十五分間。相手はチェコスロバキアからきた美しい女性。地味だけど高価な服を着ているのに、なぜか、感動的なほど指の爪がよごれていた。その出来事は、図書館の本館で起こった。ルイス・ベンフォード議員が、ぼくの手紙に返信をくれて、早速、おもしろおかしく、ぼくがじつに取るに足りない存在であることをはっきりさせてくれた一ヶ月ほどあとのことだ。若い外交官の母親だといって——真実の快い響きがあった——わたしの大好きな詩人はチェコ人のオタカル・ブレジナなの、よかったら読んでみてちょうだいと勧められたんだ。たぶん、ミスタ・フレイザーが英訳をみつけてくれると思う。オタカル・ブレジナの詩集はかなり期待できると思う。というのはこのびっくりするほどきれいな女性は、結局、とても神経質そうで感情が不安定そうだったけど、素晴らしく孤独な輝きを放っていたから！　オタカル・ブレジナはびっくりするほど美しい愛読者を持っているということだよ！　高価で趣味のいい服と、感動的なほどよごれた爪の女性に神さまの祝福を！　彼女は異国の才能ある詩人をほめたたえ、図書館に美しくメランコリックな雰囲気をそえてくれる！　ああ、この世界も捨てたもんじゃない！

　最後の最後に、もうひとつ。ミス・オーヴァーマンに頼んで、ミセス・ハンターに——電話のほうがよければそれでもいい——次の雑誌をさがしてもらってほしい。「ダブリン・ユニヴァーシティ・マガジン」一八四二年一月号、「ジェントルマン・マガジン」一八六六年一月号、「ノース・ブリティッシュ・レビュー」一八六六年九月号。これらの古い雑誌には、ぼくの大親友——手紙のやりとりしかなかったけど——の記事が載ってるんだ。正確にいうと、前世の親友。名前は、ウィリアム・ローワン・ハミルトン卿〔訳注　一八〇五～一八六五。アイルランド生まれ。数学者・物理学者。語学にも堪能だった〕！　ごくまれに——じつをいうと、そのほうがありがたいんだけど——いまでも彼の親しげで、さびしげで、人好きのする顔が目の前にみえることがある。ほんのたまに、だけどね！　ただ、このことは絶対、ミス・オーヴァーマンにはいわないで！　彼女はこの手の話をきくと反射的に拒絶するから。まあ当然だけど。ほんのたまにぼくがうっかり口をすべらせて、前世とか現世とか敬遠されがちの話をしちゃうと、彼女は必ずびっくりして、がっかりするんだ。それから、もうひとつ、ミス・オーヴァーマンにこの類の微妙なことを詳しく話してほしくない理由があるんだ。残念だけど、この手の話は普段のおしゃべりの場では、とてもきらわれるし、ミス・オーヴァーマンは、もちろん普通のときは、ぼくたち――バディとぼく――をおもしろおかしい話のネタに使って友だちや知り合いを楽しませたりすることはしない。まじめな女性で、相手の気持ちや微妙な立場を考える人だから。ただ、ちょっと変わった新しい話題があるとついしゃべってしまうんだ。ミスタ・フレイザーや、身だしなみのいい白髪頭のインテリ紳士にね。これが彼女のいつまでも直らない短所で、相手がやさしく気をつかってくれたり、楽しそうに――本心はともかく――話してくれたりすると、好きになってしまう。たしかに、愉快でささいな欠点ではあるんだけど、要注意。とんでもないことになりかねない。だから彼女には、ミセス・ハンターに電話して、三冊の雑誌があまり苦労しないでみつかるかどうかだけたずねるように、頼んでほしい。理由はいわないで。たとえば、何かの電話のついでにミス・オーヴァーマンに、最近読んでおもしろかった軽い読み物も送ってほしい、とか頼んでくれるといいかも。こんな小細工をするのはすごく嫌なんだけど、ミス・オーヴァーマンの趣味って、実際、すごくいいんだ。だから、後ろめたいけど、案外いいごまかしかただと思う。そのへんはすべて慎重にうまくやってもらえると思ってるので、よろしく、母さん。それから『ミスタ・アンド・ミセス』『ムーン・マリンズ』〔訳注　どちらも当時のマンガ〕、できれば「ヴァラエティ」誌を数冊、読み終えたやつを時間のあるときに郵送してくれるとうれしい。まったく、ぼくったら、みんなの生活のやっかい者で、お荷物で、じゃま者になりつつあるね！　ぼくは自分がどんなにいやで、面倒な人間かって考えない日はないんだ。それから、まったく話は変わるんだけど、ミス・オーヴァーマンにいっておいてほしいことがある。それは、ぼくが頼んだ本が多すぎて、ミスタ・フレイザーがびっくりしてうんざりするかもしれないってこと。キャンプにきてるときに送る本は何冊までと彼にいわれているわけじゃないんだけど。どうか、ミス・オーヴァーマンに伝えておいてほしい。ミスタ・フレイザーには、ぼくたちはふたりとも日々、信じられないくらい速く読めるようになっているから、早く返さなくちゃいけない貴重な本はすぐに返すし、ちゃんと切手もはって送りますって、念を押しておいてって。ちょっと大変かもしれないね。ミスタ・フレイザーは根はとても寛大で親切で、ぼくの自分勝手なお願いに驚くほどがまんしてくれているんだけど、彼の寛大さには小さな傷があるんだ。それは自分がとても親切にした相手には、ちゃんと面と向かってお礼をいってほしいと思っているところ。これはとても人間的な気持ちで、ひと晩のうちに世界からなくなるはずがない。だけど、このことは気にとめておいてほしい。ぼく自身、ユーモラスな気持ちで考えると、ミスタ・フレイザーがここにあげた本のうち二、三冊でも送ってくれればすごくラッキーなんじゃないかって気がしている。ああ、ひどく相手をばかにした言い方をしちゃったかも！

いま、バンガローにだれかがにこにこ笑いながら入ってきた。だれだと思う？　バディだよ！　大作家、ウェブ・ギャラガー・〝バディ〟・グラース。無敵の少年！　きっと、一日分の仕事をしっかりやってもどってきたんだ！　みんなもいまここにいて、バディのびっくりするほど魅力的な、ちょっと日焼けした顔をみられればいいのに。父さんにも母さんにもいろんな意味で、ぼくたちはこのつまらない夏の楽しみと気晴らしのために、すごい出費と迷惑をかけているよね。さようなら《オーヴォワ》！　バディとぼくの、心からの祈りを――ぼくたちの長い留守の間、みんながずっと健康で幸福でいられますように!
　みんなから愛されている兄弟、シーモア・グラースとW・G・グラース――いつも、
　体の奥の奥から、心の底の底までひとつのふたり――から。

あ、この手紙を早く終わらせようと急いだのと、バディがバンガローに飛びこんでくるのを目にして――それも七時間半ぶりに――うれしかったせいで、最後にいくつかお願いするのをわすれるところだった。どれも、そんなにたいしたことじゃないと思う。まえにも書いたように、ミスタ・フレイザーがこの本のリストをみてうんざりして、ぼくに気前よく本を送ってあげようといったことを後悔する可能性は、残念ながらとても高い。もちろん、それはぼくのひどい偏見かもしれないけど。万が一、それが偏見だとして――残念なことに、偏見とは思えないんだけど――ミス・オーヴァーマンには彼にこう伝えるよう言ってほしい。あと六ヶ月は、もうこんなわがままはいわないって! 夏が美しく終わるとぼくたちは、この記念すべき年の残り、辞書と首っ引きになると思う。この重要な期間は、ふたりとも詩を作るのはやめるつもりだ。ということは、ミスタ・フレイザーはぼくたちの幼くていらだたしい顔をニューヨークのどこかの図書館でみるという、うれしいというよりは面倒な機会を持たずにすむということ! これをきいて心からほっとしない人はいないと思う。たったひとりもいないはずだよ! この六ヶ月に関していうと、父さん、母さん、きょうだいたちみんなに、短く簡単でいいから、ぼくたちのために真剣に祈ってほしい。ぼくはぼくで、この不自然で、気取って、大げさで、

腹立たしいほど不適切な言葉づかいが次々に、あと半年の間にきれいさっぱりなくなってしまうことを、おおいに期待している！　これは努力するに値すると思う。だって、ぼくの将来の文章はまだこれからなんだから！

母さん、どうか、いらつかないできいて。だけど、最後にもう一度だけ、ありえないくらい若い年で舞台を下りることについて書かせてほしい。もう一度お願いするけど、時機は考えたほうがいいと思う。せめて、十月まで我慢して待って。目を開いて、引退を検討すべきだよ。十月は船出にいい月だからね！　それから、忘れないうちに書いておくけど、バディが罫線なしの特大のメモパッドを送ってほしいって。書きたい物語がいくつもあるらしい。ぼくが楽しくこれを書き綴っているような、罫線のあるやつは絶対にだめ。バディは大嫌いなんだ。あと、これはまだバディとじっくり話し合っていないんだけど、あの中くらいのウサギちゃんを送ってくれるとバディはすごく喜ぶと思う。あの大きいウサギちゃんを、汽車で朝、掃除係の人がベッドを直しにきたときになくしちゃったんだ。だけど、それについては手紙も何も書かないで、中くらいのウサギちゃんをこっそり靴箱みたいなものに入れて送ってくれればいいから。母さん、ウサギちゃんのこともほかのことも、すべてよろしく。ああ、母さんは本当にやさしくて、素晴らしい！　バディのメモパッドだけど、罫線つきのものもだめだし、玉ネギの皮のような半透明の薄い紙のも絶対にだめだからね。バディはバンガローの外にある一般ごみの缶に放りこんじゃうと思う。すごくもったいないけど、このデリケートな問題については、これ以上詳しく書けといわないでほしい。ちょっと書きづらいけど、ぼくはある種のむだはあっていいと思っているし、実際、ある種のむだはぞくぞくするほど楽しいんだ。それともうひとつおぼえておいてほしいのは、バディは筆記具がたまらなく好きだってこと。誓ってもいいけど、筆記具は、涙と笑いと、それらを産む恋と愛とやさしさという魅惑的な谷間からバディを、誇りと幸福をそえて、解放してくれるんだ。

もう一度、五万回のキスを、バンガロー七号のふたりの生意気な息子から、愛をこめて。

じゃあ、また。

S・G

訳者あとがき

ジェローム・デイヴィッド・サリンジャーが生前、本の形で出版した作品は『キャッチャー・イン・ザ・ライ（ライ麦畑でつかまえて）』（一九五一年）、短編集『ナイン・ストーリーズ』（五三年）、それから「グラース家」を描いた『フラニーとズーイ』（六一年）と『大工よ、屋根の梁を高く上げよ　シーモア―序章―』（六三年）の四冊のみで、ここに収録した九編は、どれも雑誌に掲載されただけで本にはなっていない。ただし英語圏以外の国では事情がちがっていて、日本では何種類かの版で翻訳、出版されている。

五一年にサリンジャーの『キャッチャー・イン・ザ・ライ』が、五二年にヘミングウェイの『老人と海』が出版された。二〇世紀アメリカ文学の新旧交代をこれほど鮮やかに印象づけた出来事はほかにない。

一八九九年生まれのヘミングウェイと、一九一九年生まれのサリンジャーが、二〇世紀アメリカを代表することになる対照的な作品をほぼ同時期に発表したのは、とても興味深いが、ここではとくに、『キャッチャー・イン・ザ・ライ』が広く受け入れられた背景に「若者文化の誕生」があったことを指摘しておきたい。五〇年代のアメリカでは戦後の高度経済成長にともない、高等教育が拡充して高校生、専門学校生、大学生が増え、若者層という市場《マーケット》が誕生した。近代、初等教育の始まりとともに子どもが誕生したように、この時代のアメリカで若者が誕生した。子どもと大人しかいなかったところに若者が登場して、社会は三層構造になる。さらに戦後のベビーブームもあって、その数は加速度的に増えていく。そして若者たちにむけて様々なものが作られるようになる。

もっともわかりやすい例が音楽だ。五〇年代中頃からアメリカを大きく揺さぶったのは、ビル・

ヘイリーやエルヴィス・プレスリーのロックンロールだった。彼らの歌は若者にターゲットを絞った歌で、子どもはきかなかったし、大人は顔をしかめた。それが六〇年代、フォークソングやロックに受け継がれていく。映画も同じで、『乱暴者』（五三年）『波止場』（五四年）『暴力教室』（五五年）『理由なき反抗』（五五年）『ウェスト・サイド物語』（六一年）といった若者を主人公にした映画が続々と作られるようになり、これがさらにアメリカン・ニューシネマに受け継がれていく。

そんな流れのなかに置いてみると、五一年の『キャッチャー・イン・ザ・ライ』はまさに五〇年代中頃から六〇年代の若者文化の先駆けになったことがよくわかる。

サリンジャーはマンハッタンの比較的裕福な家庭に育って、高校、大学に進学しているという点では、五〇年代後半から六〇年代にいきなり増えていく都市型の若者を先取りしていたわけで、彼の感性もまた、後の時代の感性を先取りしていた。『キャッチャー・イン・ザ・ライ』が五〇年代の若者の共感を呼んだ大きな理由のひとつはそこにある。

そしていまでも若者に人気がある。『サリンジャーと過ごした日々』（井上里訳、柏書房）は、著者のジョアンナ・ラコフがサリンジャーの版権を扱っているエージェンシーに勤めることになってからの日々を綴ったメモワールだが、彼女はそこでサリンジャー宛にきた手紙に、本人に手紙を渡すことはできないという、おわびの返事を書く仕事をすることになる。彼女がここに勤めることになった一九九六年でも、サリンジャー宛の手紙は毎日、束になるほど届いていたという。

もっとも多いファンは、おそらく十代の若者たちだった。（中略）「ホールデン・コールフィールドに出会ってはじめて、自分にそっくりな登場人物だと思いました。ミスター・サリンジャー、あなたはきっとホールデン・コールフィールドのような人なんだと思います。だから、ぼくとあなたは友達になれると思います」女の子たちはホールデンへの愛を告白した。わたしはホールデンのことが理解できます、と彼女たちは書いていた。

サリンジャーは好んで、子どもや若者を描いた。デイヴィッド・シールズとシェーン・サレルノによる伝記、『サリンジャー』（坪野圭介・樋口武志訳、角川書店）にも次のように書かれている。「彼の物語の七十五パーセントは二十一歳以下の人物に関する話であり、うち四十パーセントが十二歳以下の若者についてである」

『キャッチャー・イン・ザ・ライ』は何より、若者を若者の視点で語っているのが大きな特徴だ。もちろん、それまでにも若者を主人公にした小説はたくさんあった。トゥルゲーネフの『はつ恋』、ヘッセの『車輪の下』や『デーミアン』、カロッサの『美しき惑いの年』、コレットの『青い麦』など、あげればきりがない。しかし、子どもの本と大人の本の二種類しかなかった時代の青春小説は大人目線で書かれている。若者目線で若者を主人公にした、若者のための小説が書かれるようになるのは、五〇年代からだ。その先駆けとなったのが『キャッチャー・イン・ザ・ライ』といっていい。

まず本書に収録されている八つの短編について説明しておこう。まず最初の六編は、『キャッチャー・イン・ザ・ライ』の主人公ホールデン・モリシー・コールフィールドがらみの短編で、四四年から四六年の間に雑誌に掲載されている。

「マディソン・アヴェニューのはずれでのささいな抵抗」は休暇でうちに帰ったホールデンとサリーのデートと、ふたりの気持ちのすれちがい、そしてホールデンの日常への不満が描かれている。

「ぼくはちょっとおかしい」は、『キャッチャー・イン・ザ・ライ』のなかのエピソードといった感じの短編で、ホールデンが退学して、目をかけてくれた先生に会って、うちに帰って、夜中、妹のフィービーと話をする。

「最後の休暇の最後の日」はホールデンの兄、ヴィンセントが友人のベイブの家を訪ねて一泊する話だが、その背景には第二次世界大戦があり、ふたりともやがてヨーロッパに出征するという事情がある。この作品の主人公はベイブで、おちゃめな妹のマティが、フィービーに似たいい味を出している。「フランスにて」は、ヨーロッパ戦線で、疲れ切ったベイブが、夜寝るための塹壕をさがすところが描かれる。

「このサンドイッチ、マヨネーズ忘れてる」の舞台はジョージア州の基地（ここにはサリンジャー自身もいた）。土砂降りの雨のなか、ホールデンの兄、ヴィンセント軍曹はトラックのなかで、これからいくダンスパーティのことで頭を悩ませながら、戦闘中に行方不明になったままの弟、ホールデンのことを考える。

「他人」では、ベイブが妹のマティを連れて、ヴィンセントのかつての彼女を訪ねる。彼女はほかの男と結婚している。

これら六編の短編からわかるように、ヴィンセント・コールフィールドはヨーロッパ戦線で戦死し、太平洋戦線のホールデン・コールフィールドは行方不明のままだ。『キャッチャー・イン・ザ・ライ』の主人公は、死すべき人物としてサリンジャーの頭のなかにあったようだ。

サリンジャーと戦争、というと意外に思う人も多いかもしれないが、『サリンジャーと過ごした日々』には次のような記述がある。

差出人の多くは退役軍人で――全員ではないがほとんどがアメリカ人だった――、手紙の中で自分たちの戦争体験をサリンジャーに打ち明けていた。サリンジャーと同じ七十代か八十代になったいま、気付けば考える時間がどんどん増えていたのだという。自分の腕の中で死んだ友人のことを、解放した死の収容所でみた痩せほそった死体のことを、家に帰ったときに感じた絶望のことを。自分が体験したことを理解してくれる者はいない。ただひとり、サリンジャーを除いては。

さて、この六編に続く二編は、ホールデンとも戦争とも関係がないが、当時の若者をあざやかに描いている点で興味深い。

「若者たち」はサリンジャーの作家デビュー作で一九四〇年に、「ロイス・タゲットのロングデビュー」は二年半後に、どちらも「ストーリー」誌に掲載された。

これら八編の短編を読んで驚くのはその完成度の高さだ。設定、展開、エンディング、人物描写、情景描写、すべて完璧といっていい。それぞれが粒だって存在を主張している。どれも素晴らしい出来だ。ただ、『ナイン・ストーリーズ』に収録された作品とくらべると、うますぎる感じがなくもない。どちらを評価するかは読者次第だろう。


本書の最後の作品「ハプワース16、1924年」も一九六五年に「ザ・ニューヨーカー」誌に掲載されただけで、単行本としては刊行されていない。これは、『ナイン・ストーリーズ』のなかの数編と、『フラニーとズーイ』、『大工よ、屋根の梁を高く上げよ　シーモア―序章―』と書き継がれてきた「グラース家もの」の最後の一編であり、またサリンジャーが発表した最後の作品でもある。「グラース家」の構成メンバーは、父親レス、母親ベシー、長男シーモア、二男バディ、長女ベアトリス（ブーブー）、双子の三男ウォルター（ウォルト）と四男ウェイカー、五男ザッカリー・マーティン（ズーイ）、二女フランシス（フラニー）。この家族をサリンジャーは様々な形でいくつかの作品に登場させているが、中心になっているのはシーモア、バディ、ズーイの三人だ。なかでもシーモアはグラース家の精神的支柱であり、「バナナフィッシュにうってつけの日」で自殺している。

一九六五年に「ザ・ニューヨーカー」誌に掲載された「ハプワース」の評判は驚くほど悪かった。前述の『サリンジャー』には次のように書かれている。

・とても長くて変わった物語――が一九六五年六月にニューヨーカーで発表されると、それは惨めな、どちらかというと恥ずかしいほどの沈黙で迎えられたのよ。

・「ハプワース」は、とうとうサリンジャーの気が変になったのだという暗示なのかもしれない。

・サリンジャーに何があったんだ？　おかしくなってしまったのか？

これに関してはケネス・スラウェンスキーの『サリンジャー　生涯91年の真実』（田中啓史訳、晶文社）もほとんど同じだ。

・6月にニューヨーカー誌を買った何万の読者は、だれもがこの大作家のみずみずしい作品を予期したが、最後まで読み終えた者は少なかっただろう。

・「ハプワース」はどうしてこんなに読みにくいのか？

ところが『サリンジャーと過ごした日々』におもしろいエピソードが紹介されている。それから三十年後、一九九六年のことだ。

「ジェリーが新しい本を出したいんですって」ボスは物思いにふけったような声のままいった。「というか、むかしの本ね。むかし書いた作品。『ハプワース』よ。ある出版社がジェリーに連絡してきて、あの小説を一冊の本として出さないかと提案してきたんですって。その企画を実現させたいといってるのよ」

ジェリーはこの企画について八年前から考えていたという。ジェリーというのはサリンジャーの愛称だ。出版を打診してきたのはヴァージニア州の小出版社。この企画は順調に進んだのだが、あと一歩というところでささいなミスがあって、結局、実現しなかった。

しかし、あれほど酷評されたにもかかわらず、サリンジャーが出版を許可したということは、本人もそれなりに思い入れがあったということだろう。

「ハプワース」は、弟のバディといっしょに夏のキャンプ教室にやられた七歳のシーモアが、家族、とくに父親と母親にあてた長い長い手紙という形式になっている。しかし、雑多な知識が詰めこまれ、古今東西の作家や著書への賛辞や批判が書き連ねられ、端々に両親に対する批判、忠告、助言まで書きこまれている。七歳とは思えないほどの性への関心や処女性への言及、また宗教的な関心が書かれたかと思うと、前世に関する意味深な考えまで顔を出す。ときどき、異様に長い文もあり、異様に長い段落もあり、難解な表現もある。「どうしてこんなに読みにくいのか?」と思う人も少なくないはずだ。

『サリンジャー』の訳者あとがきにこんな指摘がある。「(著者の)サレルノとシールズが主張していることはきわめて明快だ。第二次世界大戦での従軍経験が作家としてのサリンジャーをつくり、ヴェーダーンタ哲学への没頭が作家としてのサリンジャーを壊した」ヴェーダーンタ哲学というのは、アドヴァイタ・ヴェーダーンタ・ヒンドゥー教のことで、サリンジャーはこれに傾倒した。いうまでもなく、サリンジャーが壊れた証拠は「ハプワース」だ。この伝記の本文中にもこう書かれている。「大部分の読者にとって、『シーモア』が読みやすさ、論理、合理性の崖っぷちまできていたとすれば、『ハプワース16、一九二四』(一九六五年六月十九日、ニューヨーカー誌掲載)は裂け目に落ちてしまっている」

たしかに難点も多く、作者の意図もつかみかねる作品だ。しかし「ハプワース」は最後の最後にサリンジャーが行き着いた作品で、これ以後、彼は一作も発表していないし、本人は単行本にするつもりがあった、ということを考えると、サリンジャー好きの読者にとっては、あっさり切り捨てるのもためらわれる。そして、いまあらためて読んでみると、じつに混沌とした作品だが、不思議な力で作品自体が震えているような印象がある。

翻訳について少し書いておこう。いままで古典的な文学作品の新訳では、既訳は読まないようにしてきたが、今回、初期の短編と「ハプワース」を訳すにあたっては、サリンジャーの作品の既訳やあとがき（新潮文庫のもの、角川文庫のもの、荒地出版社の「サリンジャー選集」など）は、ほとんど目を通して参考にさせていただいた。また、引用させていただいた『サリンジャーと過ごした日々』、『サリンジャー　生涯91年の真実』、『サリンジャー』にも助けられるところが多かった。さらに『ミステリアス・サリンジャー　隠されたものがたり』（田中啓史、南雲堂）は人物関係を整理するうえでとてもありがたかった。訳者や著者の方々にお礼申し上げます。

ここに収録した作品を訳すに際して心がけたのは、いまの若者にストレートに響く訳文にすることだった。サリンジャーが雑誌に発表した作品を当時の若者が読んだときに抱いた感動や感慨に近いものを、現代の読者に味わってほしいという気持ちからだ。

「ハプワース」は難物で、じつに手がかかった。しかし、なるべく読みやすい形でということだけは心がけて訳してみた。それでひとつお断りしておかなくてはならないのは、シーモアの父親と母親に対する呼びかけだ。原文では、「レス」、「ベシー」と呼びかけている。日本語ではまずありえないが、英語でもほとんどないだろう。しかし、これだけは訳していて気になってしょうがなかったので、「父さん」「母さん」にさせてもらった。

最後になりましたが、この企画を持ってきてくださった編集者の楠瀬啓之さん、川上祥子さん、校閲者の岡本勝行さん、盛山智子さん、原文に関する質問にていねいに答えてくださった法政大学の元同僚滝沢カレン・アンさん、原文と訳文をつきあわせてくださった井上里さんに心からの感謝を！

二〇一八年四月二十二日　　　　金原瑞人

SHINCHO MODERN CLASSICS
THIS SANDWICH HAS NO MAYONNAISE
HAPWORTH 16, 1924
J. D. Salinger

新潮モダン・クラシックス

このサンドイッチ、マヨネーズ忘《わす》れてる
ハプワース 16、1924 年《ねん》

発行 2018. 6 .30.
5刷 2021. 5 .30.

著者 J. D. サリンジャー

訳者 金《かね》原《はら》瑞《みず》人《ひと》

発行者 佐藤隆信
発行所 株式会社新潮社
〒162-8711 東京都新宿区矢来町 71
電話 編集部 03-3266-5411 読者係 03-3266-5111
http://www.shinchosha.co.jp

印刷所 錦明印刷株式会社
製本所 大口製本印刷株式会社

乱丁・落丁本は、ご面倒ですが小社読者係宛お送り下さい。
送料小社負担にてお取替えいたします。
価格はカバーに表示してあります。

ISBN978-4-10-591006-8 C0397